フランツ・カフカ

辻瑆 編訳

Franz Kafka

実存と人生

白水社

実存と人生

目次

罪・苦悩・希望・ほんとうの道についての考察

一　ほんとうの道は、一本の綱の上に通じている。その綱は空中に張られているのではなく、地面のすぐ上に張られている。渡って歩くためのものであるよりも、人をつまずかせるためのものであるらしい。

二　あらゆる人間の欠点は、短気である。方法的なものを早まって中断してしまうことであり、見せかけのものを見せかけだけ確認することである。

三　人間には二つの大罪がある。ほかのすべての罪は、これから生じてくるのだ。つまりそれは、短気となおざりである。短気のせいで人間は楽園を追われたし、なおざりのせいで人間は楽園にもどれない。しかしもしかすると、あるのはただ短気という大罪だけかもしれない。短気のせいで人間は楽園を追われ、短気のせいで楽園にもどれない。

四　死者たちの数多くの影は、ただいっしょうけんめい死の河の流れをなめようとしているだけである。なぜならこの河は、われわれから流れ出ているし、われわれの海の塩からい味を、まだ失っていないからだ。しかし河のほうは吐き気をもよおしてさからい、さかさまに流れ出して、この死者たちを生のなかへ押しもどしてくる。ところが彼らはすっかり喜んで、感謝の歌をうたい、激怒している河をさかなでしている。

五　ある地点からはもうもどることができない。しかし、この地点に到達することはできる。

六　人間が発展する決定的な瞬間というものは、いつの時代にもあるものである。だから、これまでのものいっさいを無用だと宣言する革命的な精神運動は、みんな正しい。というのも、まだなにひとつ事は行なわれていないからである。

七　悪が人を誘惑するうえで、もっとも効果的な手段の一つは、戦いをいどみかけてくることである。

八　その戦いは、ベッドのなかで終わる女たちとの戦いとおなじである。

九　Aはひどくおごりたかぶっている。彼は善においてたいへんな進歩をなしとげたと信じている。なぜなら、自分がいつもかっこうな誘惑の対象であると思いこんでいるらしく、こう感じているからなのだ――自分は誘惑に身をさらしている、そしてその誘惑は、いままで自分のぜんぜん知らなかった方向から、刻々増えてゆく、と。

一〇　ところがそれの正しい説明は、一人の大きな悪魔が、彼の心のなかに陣どってしまい、無数の小悪魔どもがやってきて、この大悪魔に仕えているだけのはなしである。

一一―一二　たとえば一個のりんごについてもいだきうる、見解の相違というものがある。食卓の上のりんごを間近に見るためには、首をのばさなければならない小さな少年の見解と、りんごを手にとって、自由に客に差し出してやれる家の主人《あるじ》の見解と。

一三　認識というものがはじまる最初のしるしは、死にたいという願望である。この人生は耐えがたく思われるし、もうひとつの生は、到達しがたくみえる。死のうと思うことを、人はもう恥ずかしがらない。自分の憎んでいる古い独房から、これから憎むことになるであろう新しい独房に、移してほしいと頼むわけだ。その際に信仰の名残りも発動する。つまり、新しい独房に移されてゆく途中で、主が偶然廊下をわたってこられ、囚人の顔を見つめて、「この男はもう檻禁してはならない。

わたしのところに来させるのだ」と言ってくださるだろう、というのだ。

一四* おまえが平野を歩いており、進もう進もうとしながらも、あとずさりしてしまうのであったら、これは絶望的なことがらだろう。しかしおまえはけわしい崖《がけ》をよじのぼっているのであり、そのけわしさときたら、おまえ自身を下から眺めてみたときのようなものなのだから、あとずさりするのもただ地勢のせいなのかもしれない。絶望する必要はない。

一五 秋の小道のようなものである。きれいに掃いたかと思うと、もうまた枯れた葉っぱでおおわれてしまっている。

一六 籠が鳥をさがしに出かけた。

一七 ここは、まだわたしの一度も来たことのない土地だ。呼吸もちがった調子だし、太陽のとなりには、太陽よりもまぶしく一つの星が輝いている。

一八 バビロンの塔も、塔にのぼることをしないで建てることができたなら、建てることが許されただろうに。

一九* 悪についていては、悪に対して秘密ごとを持てるだろうなどと、思いこんではならない。

二〇 豹《ひょう》たちが神殿に侵入して、いけにえの壺を飲みほしてしまう。それが、たびたび、たびたびくりかえされる。最後にはもうそうなることが、あらかじめ予想できるようになる。すると、それが儀式の一部になるのだ。

二一 手が石をしっかりとにぎっている。しかし、しっかりにぎっているのは、ただその石をそれだけ遠くに投げすてるためにほかならない。ところが、その遠いかなたにも、道は通じている。

二二 おまえはやらなければならない宿題そのものなのだ。あたりにはどこにも生徒はいない。

二三 ほんとうの敵というものからは、際限のない勇気がおまえのなかへ流れこむ。

二四 おまえの立っているこの大地が、二本の足でおおえるよりも大きくはないという幸福——それを理解することだ。

二五　この世に逃れるときのほか、どうしてこの世を喜ぶことができよう？

二六*　隠れ場所は無数にあるが、救いはただ一つしかない。しかし、救いの可能性は、隠れ場所とおなじくらいたくさんある。

*　目標はあるが、道はない。われわれが道と呼んでいるものは、ためらいにほかならない。

二七　否定的なことをするのは、まだわれわれに課された任務である。肯定的なものは、すでにわれわれに与えられているのだ。

二八　一度悪を自分のところに受け入れてしまえば、悪はもう、その言葉を信ずるようにと、要求はしなくなる。

二九　悪を自分のなかに受け入れるひそかなたくらみは、おまえのではなく、悪のたくらみなのだ。

*　家畜が主人《あるじ》から鞭《むち》を奪いとって、自分が主人《あるじ》になるために、自分の体を鞭で打つ。そしてそれが、たんなる幻想であることを知らないでいる――主人《あるじ》の革鞭の新しい結び玉によって作りだされ

た、たんなる幻想であることを。

三〇　善はある意味で、慰めなきものである。

三一　わたしは自己抑制には努めない。自己抑制というのは、わたしの精神的な実存が発している無限の放射線の、どこかある偶然的な個所で、作用しようということなのだ。しかし、自分の周囲にこんな円周を引かなければならないのなら、何もしないでその巨大な複合体をただ呆然《ぼうぜん》と見つめているほうがましだ。そしてわたしは、逆にこの光景が与えてくれる精神的な栄養だけを、家に持ちかえる。

三二　烏《からす》たちは、ただ一羽の烏でも天を破壊できる、と言い張っている。それはまちがいのないところだ。がしかし、だからといって、なんら天に不利なことが証明されたことにはならない。なぜといって、天とは、烏たちが不可能な存在であることを意味しているものにほかならないからである。

三三*　殉教者たちは肉体をさげすんではいない。彼らは、肉体を十字架の上にあげさせる。その点で、彼らの敵たちと一致している。

三四　彼の疲労は、闘いのあとの剣士の疲労であり、彼の仕事は、役所の部屋の片すみに白い漆喰《しっくい》をぬることだった。

三五　所有というものはない。あるのは存在だけだ、最後の息を、いや、窒息を求めている存在だけだ。

三六　以前わたしは、なぜわたしが自分の質問に返答を得られないのかが、わからなかった。今日ではわたしは、どうして自分が質問できるなどと信じられたのか、それがわからない。もっともしかし、わたしは信じたりしていたわけではぜんぜんない、ただ質問しただけだった。

三七　あなたは、所有しているかもしれないが、存在してはいない、という主張に対して、彼のなし得た返答は、ただ身体をふるわせ、胸をドキドキさせることだった。

三八　ある者が、永遠の道を行くのはなんとやさしいことかと驚いていた。つまり彼は、その道をかけおりていたのである。

三九a　悪には、月賦で支払うわけにはいかない――だのに、人は絶えずそうしようと試みる。

アレキサンダー大王が、彼の若き日にあげた戦果にもかかわらず、彼の訓練したとびきり優れた軍勢にもかかわらず、彼が世界の変革に向けられた力を身の内に感じているにもかかわらず、なおかつヘレスポントに立ち止まって、これを決して越えなかった――しかもそれが、怖れのためでなく、不決断のためでもなく、意志の弱さのためでもなく、ただ大地の重さのせいだった、ということもあり得るのである。

三九b　道は無限である。そこには、引けるものも加えられるものもない。しかしだれもが、自分の子供っぽい一尺のひじを、そこにあてがって言う。「そうだとも、おまえもこれだけの道のりはまだ歩かなければならない。おまえがそうしたことは、人もけっして忘れないだろう」と。

四〇　最後の審判というのは、われわれの時間概念が名づけたものにほかならない。ほんとうは即決裁判なのだ。

四一　この世の不均衡は、ありがたいことに、ただ数字的なものにすぎないらしい。

四二　吐き気と憎しみとに満たされた頭を、胸の上に垂れる。

四三　まだ猟犬たちは庭内で遊んでいる。しかし猟獣は、いまからもう森の中をやたらにかけめぐっているというのに、彼らから逃れていかない。

四四　おまえはこっけいな姿で、この世を走る馬をつけ、堂々たる装備をした。

四五　馬をたくさんつなげばつなぐほど、速くなる――つまり、土台から石の塊を引きぬくことができはなく（これはできないことだ）、つないだ革ひもが引きちぎれて、空身《からみ》の楽しい旅ができる。

四六　《sein》という言葉には、ドイツ語で二つの意味がある。存在、それに、彼のもの、という意味。

四七　王様になりたいか、それとも、王様の飛脚になりたいか、と聞かれて、いかにも子供らしく、みんなが飛脚になりたがった。だから、いるのは飛脚ばかりで、彼らは世の中をかけめぐり、王様がいないために、無意味になった通告をおたがいどうし叫びあっている。こんなみじめな生活には、彼らも終止符を打ちたいのだが、奉仕の宣誓をしたために、それもできないでいる。

四八　進歩を信ずるということは、何かがもう進歩した、と信ずることではない。それでは信仰でなくなってしまう。

四九　Ａは巨匠であり、天がその証人である。

五〇* 人間は、自分のなかにあるなにか破壊しがたいものを、絶えず信頼していかないでは、生きられない。その際、その破壊しがたいものも、その信頼も、絶えず彼の目には隠れたままでいることができる。この隠れたままでいることは、いろいろな形で表現されるであろうが、その一つは、自分の個人的な神に対する信仰である。

五一* 蛇《へび》が仲介することが必要だった。悪は人間を誘惑することはできるが、自分で人間になることはできない。

五二* おまえと世の中との闘争では、世の中の側に立て。

五三　だれをも欺いてはならない。世の中からその勝利を騙《だま》しとってもならない。

五四　存在するのは精神的な世界だけである。われわれが感覚的な世界と呼んでいるものは、精神的な世界における悪であり、われわれが悪と呼んでいるものは、われわれの永遠の発展途上における、必然的な一瞬であるにすぎない。

＊強烈きわまる光でなら、世界を溶解してしまうことができる。弱い目の前では、世界は固まり、もっと弱い目の前では、世界は拳《こぶし》をつくり、それよりもっと弱い目の前では、世界は恥じらって、自分を見つめようとする者を打ちくだいてしまう。

五五　すべては欺瞞《ぎまん》である。つまり、偽りの最小限を求めるか、ふつうのままにしているか、偽りの最大限を求めるかのことである。第一の場合には、善の獲得をあまりにもたやすくしようとすることによって善を欺き、悪に対してはあまりにも不利な闘争条件をおしつけることによって悪を欺く。第二の場合には、この世俗的な世界においてさえ、善を得ようと努めないことによって、善を欺く。第三の場合には、できるだけ善から遠ざかることによって善を欺き、悪を極限にまで高めることによって悪を無力にできないだろうかと望み、それによって悪を欺く。こうなると、まだましなのは、第二の場合であろう。なぜなら、善を欺くのはどの場合もおなじだが、第二の場合には、少なくとも見かけだけは、悪を欺かないからである。

五六　どうしてもわれわれの頭を離れることのない疑問というものがある。われわれが生来それから解放されていないかぎりは。

五七　言葉というものは、感覚的な世界の外にあるいっさいのものに対しては、ただ暗示的に用いることができるだけで、わずかでも比喩的になれば、もう決して用いることができない。言葉は、感覚的な世界にふさわしく、ただ所有と所有の関係だけを扱っているからである。

五八*　できるだけ少なく嘘をつけば、できるだけ少なく嘘をつくのであり、できるだけ嘘をつく機会が少なければ、できるだけ少なく嘘をつくわけではない。

五九*　足跡によって深くえぐられていない階段は、それ自体から見れば、少し殺風景に組み合わされた木の造り物にすぎない。

六〇　この世を捨てる者は、すべての人々を愛さざるを得ない。なぜなら、彼はその人々の世をも捨てるからである。それゆえ彼は、彼がその存在と同等だとするなら、ただひたすら愛さざるを得ない、ほんとうの人間的な存在を予感しはじめる。

六一* この世の中で、隣人を愛する者は、この世の中で自分自身を愛する者と、ちょうどおなじだけ不正を行なっている。問題として残るのは、前者が可能であるか、ということだけであろう。

六二 精神的な世界以外には何ものも存在しないという事実は、われわれから希望を奪い去って、われわれに確信を与える。

六三 われわれの芸術とは、真理によって目をくらまされている状態だ、といえる。うしろにそむけようとするそのしかめ面にあたっている光、これだけが真実なのであり、他の何ものも真実ではない。

六四／六五 楽園からの追放は、本質的な点で、永遠のものである。つまり、楽園からの追放はもう決定的なものであり、この世の生活は避けられないのだ。しかし、この追放の過程そのものがまた永遠である（時間的な表現を用いれば、この過程の永遠のくりかえし、とも言えよう）、ということを考えると、われわれは永続的に楽園にとどまっているのかもしれない、ということばかりでなく、この世でわれわれがそれを知っていようといまいと、事実われわれは永続的に楽園にとどまっているのだ、ということもあり得るのである。

六六　彼はこの現世での自由で安泰な市民である。というのも彼は、鎖につながれており、この鎖はどこでもこの地上ならば、自由に彼が出かけていけるだけの長さがあるのに、他方では、現世の境界を越えては、何ものも彼を奪い去ることのできない長さしかないからだ。しかし同時に彼はまた天国の自由で安泰な市民である。というのも彼は、ここでもおなじような計算でできた天国の鎖につながれているからである。現世に降りようとすれば天国の首輪が喉《のど》をしめつけるし、天国にのぼろうとすれば、現世の首輪が喉をしめつけるのだ。しかしそれにもかかわらず、彼はありとあらゆる可能性を持っているわけで、また自分でもそれを感じている。いや、そればかりではない、こんなふうになってしまったのは、最初に彼を縛りつけたときのまちがいによるのだ、と認めることさえ、彼は拒否している。

六七　彼はスケートの初心者のように、事実のあとを追って走っている。この初心者は、しかも禁じられた場所で練習しているのだ。

六八　家庭の守護神信仰よりも、喜ばしげなことがあるだろうか！

六九　理論的には完全な幸福にいたる可能性がある。自分のなかの破壊しがたいものを信じて、それにいたろうとは努めないことである。

七〇／七一　破壊しがたいものは、ただ一つである。個々の人間がだれでもそれであり、また同時にそれは万人に共通である。それゆえに人間たちは、たとえようもないほど分かちがたく結ばれている。

七二[*]　おなじ人間のなかに、すっかり違ったものであるにもかかわらず、対象はおなじだというい
くつもの認識がある。これは結局、おなじ人間のなかに、違った主体がいくつもある、ということにほかならない。

七三　彼は自分の食卓の残飯を食う。そのために、しばらくの間は他のだれよりも腹いっぱいになるのだが、しかし、食卓の上から食べることは忘れてしまう。ところがそのために、残飯もまた出なくなってしまう。

七四　楽園で、破壊されてしまったといわれているものが、元来破壊され得るものであったのなら、それは決定的に重大なものではなかったのだ。しかしそれが、破壊され得ないものであったのなら、われわれはまちがった信仰のなかに生きていることになる。

七五＊　人間性に照らして、自らを吟味せよ。人間性は、疑うものを疑わしめ、信じるものを信じさせる。

七六　この気持、「ここには錨《いかり》をおろさない」――と思いながら同時に、波だち担《にな》い去る高潮を、周囲に感じる！

＊　ある転換。うかがうように、びくびくしながら、望みをかけながら、答えに問いがしのびより、近よりがたいその顔に、絶望的なさぐりをいれ、あとをつけてもっとも無意味な、つまり、答えからできるだけ遠ざかろうとしている道を行く。

七七　人々とつき合えば、結局、自己観察へと誘惑される。

七八　精神は、支えであることをやめたとき、はじめて自由なものとなる。

七九　官能の愛は、人を欺いて、天国の愛と思わせる。官能の愛だけでは、できないことなのだが、天国の愛の要素を、無意識的に含んでいるために、それができるのだ。

八〇　真理は不可分である。したがって自らを認識することができない。真理を認識しようとするものは、虚偽であらざるを得ない。

八一　だれしも、最後の根底で自分の害となるようなものを、要求することはできない。ところが個個の人間でどうもそう見えるとすれば——いや、そう見えるのはいつでもなのかもしれないが——、これはその人間の内部にいるだれかが、このだれかには役に立つけれども、なかばは事件の判定のために呼びこまれた第二のだれかには、非常な害をもたらすものを要求しているからなのだ、と説明できる。その人間が、判定のときになってからではなく、そもそもの発端から第二のだれかの側に立っていたなら、第一のだれかは消えてしまって、それといっしょに要求そのものも消えてしまっていただろうに。

八二　なぜわれわれは、アダムとイヴによる人間の堕落をなげくのだろうか？　われわれが楽園から追放されたのは、この人間堕落のせいではなく、われわれが実をとって食べないようにとされた、生命の木のせいなのだ。

八三　われわれが罪を負っているのは、認識の木《こ》の実をとって食べたからばかりではない。生命の木の実をまだ食べていないからでもある。われわれが現在いる立場は、罪責とは無関係に、罪を負っているのである。

八四　われわれは楽園に生きるように創られ、楽園はわれわれに役立つように定められていた。われわれの宿命は変えられた。楽園の宿命も変えられた、とはだれも言わない。

八五　悪とは、ある一定の過渡的な位置にある人間の意識から放射されたものである。本来から言えば、感覚的な世界が仮象なのではなく、その世界の悪が仮象なのである。ただしかし、その悪はわれわれの目には、感覚的な世界を構成しているのだ。

八六　アダムとイヴによる人間堕落以来、われわれは善と悪を認識する能力の点で、本質的にはおなじである。それにもかかわらずわれわれはほかならぬこの点に、われわれの特別な長所を求めようとする。しかし、ほんとうの差異というものは、この認識のかなたでこそはじめて始まるのだ。それが反対に見えるのはつぎのような事情によるのである。つまり、だれも認識だけに満足することはできないで、その認識にしたがって行動するように努めざるを得ない。ところがそれには力が彼に与えられていない。そのために彼は自分自身を破壊せざるを得なくなり、そのせいで必要不可欠な力まで保ち得ない、という危険さえも犯すことになる。しかしこの最後の試み以外には、なにひとつ彼の手に残されているものがないのである。(これがまた、認識の木《こ》の実を食べることを禁止した際、死をもっておびやかしたことの意味であるし、おそらくこれがまた自然死というものの根源的な意味なのである。)さて、ところが彼はこの試みが恐ろしい。できるならそれよりも、善と悪の認識を取り消そうとする《人間の堕落》という呼び方も、この恐怖心にもとづいているのだ)。しかし、一度起きてしまったことは、もう取り消すことができない。できるのはただそれを曇らせることだけだ。この目的のために、いろいろな動機づけが成立する。全世界は動機づけでいっぱいになっている。いや、それればかりでなく、目に見えるこの全世界は、一瞬の間だけ憩おうとする人間の、一つの動機づけそのものにほかならないのである。認識の事実をごまかそうとする試み、認識を目的にしてしまおうとする試みなのだ。

八七　断頭の斧《おの》のような信仰、いかにも重く、いかにも軽い。

八八　死はわれわれの前にあり、それは教室の壁にかかっているアレキサンダー大王の合戦図のようなものである。われわれの行動によって、なおこの世に生きているうちに、その絵をおおいかくすか、それとももっと徹底して、消してしまうかだけが、問題である。

八九　人間というものは自由な意志を持っている。しかも三様にである。

第一に彼は、彼がこの世で生きようと欲したときに、自由であった。ただしかし、いまはもう彼もそれを取り消すことはできない。というのも、生きるということで、彼がその当時の意志を遂行している、という点以外では、彼はもう生きようと欲した当時の人間ではなくなっているからである。

第二に彼は、この人生での歩き方と道とを選ぶことができる、という点で自由である。

第三に彼は、またいつかこの世に存在するであろう者として、どんな条件のもとにもこの人生を生きぬいて、それによって自分自身に立ちかえろうとする――その際彼は、なるほど道を選ぶことはできるにしても、それがあまりにも迷路になっているために、この人生のどんな切れはしにも触れて歩くことになるのだが――意志を持っている、という点で自由である。

これが自由な意志の三様態である。しかしこれは、みんな同時に起こるのであるから、一つのおなじものであり、根本においてはまったくどうでもおなじようなことなので、自由な意志だろうが、不自由な意志だろうが、一つの意志が生かされる余地なぞはないのである。

九〇* 二つの可能性がある。無限に身をちぢめてゆくか、ただちぢまっているかである。後者は完成であるから無為であり、前者は開始であるから行為である。

九一* 言葉の誤りを避けるために。ものをぶちこわそうと思うなら、あらかじめそれをしっかりと手に握っていなければならない。ぼろぼろくずれていくものは、くずれていくのであり、これをぶちこわすことはできない。

九二　最初の偶像崇拝は、たしかに物に対する恐怖であったが、それと関連して物の必然性に対する恐怖であり、またそれと関連して物への責任に対する恐怖であった。この責任は途方もなく大きなものに見えたので、人はそれをたった一つの人間以外の存在に、押しつけてしまうことはできなかった。なぜといって、たとえある存在が仲介したところで、人間の責任はまだ充分に軽減されなかったろうし、一つの存在だけとの交わりは、まだあまりにも責任によって汚されていたろうからである。それゆえ、人はすべての物に、その物自身に対する責任を与えた。そして、それだけにとどまらず、こうした物に、人間に対するそれなりの責任まで与えたのである。

九三*　心理学はこれで最後だ！

九四　生きる手はじめの二つの課題。おまえの生活圏をしだいしだいに縮小してゆくこと、そして、おまえの生活圏以外のどこかに、おまえがかくれひそんでいないかどうかを、くりかえしくりかえし調べてみること。

九五* 悪はときおり人の手のうちの道具のようなものである。悪であると気づかれようが気づかれまいが、人のほうにその意志さえあれば、反抗することなしに、横におかれてしまう。

九六 この人生の喜びは、この人生のものではなく、より高い生命のうちへとのぼってゆくことに対する、われわれの恐怖である。この人生の苦しみは、この人生のものでなく、かの恐怖ゆえの、われわれの自虐である。

九七 この世でのみ苦悩は苦悩なのである。ただし、この世で苦悩するものが、その苦悩のゆえにどこかよそで高められるべきだ、などというわけではなく、この世界で苦悩と呼ばれるものが、別の世界では、それ自身は変わることなく、ただその反対のものから解放されて、法悦となる、ということなのだ。

九八* 宇宙が無限の広がりと充実を持っているという想念は、労苦にみちた創造と、自由な自己省察とを、極端なまでに混ぜ合わせたことの成果である。

九九 われわれの現在の罪深い立場を、なんら仮借することなく確信することよりも、かつて行なわれ、また永遠に行なわれているわれわれの浮世のはかなさの是認を、ほんのわずかでも確信することのほうが、どんなにか苦痛であろう。この第二の確信は、その純粋さのなかに第一の確信を完全に包みこんでおり、これに耐えてゆく際の力だけが信仰の尺度なのである。

＊　大きな根本的な欺瞞といっしょになって、どんな場合にもとりたてて自分たちのために、もう一つ小さな特別の欺瞞がやらかされている、と考える人が多い。つまり、舞台で恋愛の場面が演じられると、女優はその恋人にいつわりの微笑を見せるわけだが、そのほかにもこの女優は、天井桟敷にいるある特定の観客に対して、特別いわくづきの微笑を投げているのだ、というふうに考えるのだ。これは、思いすごしというものである。

一〇〇　悪魔的なものについての知識はあり得る。しかし、悪魔的なものへの信仰はあり得ない。そこにあるもの、つまり悪魔的なものよりも悪魔的なものは、存在しないからである。

一〇一　罪はいつでも公然とあらわれ、すぐに感覚でとらえることができる。罪は感覚の根元まで浸透するが、引きぬいてしまう必要はない。

一〇二　われわれの周囲にあるあらゆる苦悩を、われわれもまた悩まなければならない。われわれみんなは一つの肉体を持っているわけではないが、おなじ一つの成長を持っており、そのためにわれわれわれは、あれこれちがった形でではあるが、あらゆる苦痛を経めぐることになるのである。子供があらゆる人生の段階を経て、老人にまで、そして死にまで発展するように（そして、根本的にはどの段階もその前の段階にとっては、願望においてであれ恐怖においてであれ、到達しがたく見えるのだ）、われわれも（われわれ自身とにおとらず、深く人類とも結びついて）この世のあらゆる苦悩を経めぐって発展するのだ。こうした状況のなかでは、正義のための余地などはない。しかしまた、苦悩に対する恐怖のための余地もなければ、苦悩を功績として解釈する余地もない。

一〇三　おまえは自制してこの世の苦悩からひっこんでいることができる。それはおまえの自由だし、おまえの性質にもふさわしい。しかし、もしかすると、こうして自制してひっこんでいることこそ、おまえの避け得るかもしれない唯一の苦悩なのだ。

一〇五　この世の誘惑手段と、この世がただ仮りの宿であるということに対する保証のしるしとはおなじものである。それでこそこの世はわれわれを誘惑できるのだから、これは正しいし、またそれは真実にもふさわしい。しかしいちばんよくないのは、誘惑に成功したあとで、われわれがこの保証を忘れてしまうことであり、そのせいでもともとは善であったものがわれわれを悪へと、女性のまなざしがそのベッドへと、誘ってしまったことである。

一〇六　謙虚なしもべの心は、ひとり絶望している者にも、もっとも強い同胞への関係を与える。しかも即刻にだ。ただしかし、これは完全でしかも持続的なしもべの心の場合にかぎられる。しもべの心にそれが可能なのは、しもべの心がほんとうの祈りの言葉であり、それと同時に心からの崇拝であり、もっとも強固な結合であるからだ。同胞への関係は祈りの関係であり、自分自身への関係は努力の関係である。祈りのうちから、努力のための力が取り出されてくるのだ。

＊　おまえはいったい欺瞞以外の何かを知ることができるだろうか？　ひとたび欺瞞がうち亡ぼされたら、おまえは見やることも許されぬか、それとも塩の柱になるかではないか。

一〇七　みんながAに対しては親切だ。ちょうどまあこんな工合である。すばらしい玉突き台を、玉突きの上手な連中にさえ使わせないで、たいせつに保存するようにするのだが、いよいよ待ちのぞんだ名人があらわれると、その名人は台を精密にしらべ、少しでも始める前に狂いがあれば容赦しない。ところがさて彼が自分で玉を突きはじめると、まるで遠慮会釈もなく、むちゃくちゃに荒らしまわる、というしだいである。

一〇八「しかしやがて彼は自分の仕事にもどった。何ごとも起こらなかったかのように。」これは、見通しもつかぬ数多《あまた》の古い物語で、よく耳にする言葉である、おそらくどの物語でも実際にそうはならなかったであろうが。

一〇九　「われわれの信仰が足りない、とは言えない。われわれが生きているという単純な事実だけでも、その信仰価値には汲みつくせないものがあるのだ。」「そんなことに信仰価値があるんだって？　だって生きないわけにはいかないじゃないか。」「ほかでもない、その《わけにはいかない》のなかに、気ちがいじみた信仰の力がひそんでいるのだ。その否定形のなかで、信仰の力が形をとることになるのだ。」

＊　家から出かけることは、かならずしも必要でない。机についたままで、耳をすますのだ。いや、耳をすますこともない、ただ待つのだ。いや、待つこともない、ただじいっとひとりでいるのだ。そうすれば、世界は自分から仮面を脱ごうとしてくるだろう。ほかにはどうしようもなく、おまえの前で世界は恍惚としてのたうちまわるであろう。

八つ折判のノートから

だれでも自分のなかに一つの部屋を持ち歩いている。この事実は、聴覚によってさえ、確かめてみることができる。人が急ぎ足に通りすぎ、こちらがそれに耳を傾けてみると、あたり全体が静まりかえっている夜ででもあれば、たとえばの話、とりつけのしっかりしていない壁の鏡が、カタカタと鳴るのが聞こえるのである。

正しい足跡は、もう永遠に見失われてしまったのだと、なんという深い確信を、なんという無関心を、人々はいだけるのであろうか。

書き伝えられた世界歴史というものは、しばしば何の用もなさないものである。しかし、人間の予感能力のほうは、しばしば人を迷わしはするけれども、ともかく道案内だけはしてくれるし、人を置き去りにもしない。そんなわけで、たとえば世界の七不思議についての言い伝えも、いや、もうひとつ世界の八番目の不思議があったのだ、という噂《うわさ》に、いつもとりまかれていたのである。そしてこの八番目の不思議についても、いろいろと違った、しかもときにはおたがいに矛盾している話が伝えられ、それがあやふやなのは、見通しのきかない古代の暗さによるのだ、とされるのである。

どうしようもないのは、春の納屋《なや》、春の結核患者。

わたしの二つの手が闘争をはじめた。彼らはわたしの読んでいた本をぱたんと閉じて、邪魔がはいらないように横におしのけた。わたしに会釈すると、このわたしを審判に任命した。と、もう彼らは指をたがいに組み合わせて、机の端で立ちまわりをはじめ、どちらが優勢を誇るかに応じて、あるいは右にあるいは左へと追いたて合った。わたしは一時《いっとき》も目を離さなかった。彼らがわたしの手である以上、こちらは公正な審判官でなければならない。さもないと、わたし自身が、インチキな審判を下したという苦しみを負わされてしまう。だが、わたしの役も楽ではない。二つの手のひらのあいだの暗がりでは、いろんな手管が使われていて、これには目を離すことができないのだ。でわたしは、顎《あご》を机の上にのせた。こうすれば、全部に目がとどくからだ。わたしは生まれてからいままで、かくべつ左手に対して悪意はなかったのだが、どうも右手を優遇していた。左手がなにかひとこと言っていたら、こちらはこのとおり人の意見によく耳をかす公平な人間だから、すぐにそんな虐待はやめていたろう。だが左手はちっとも不平を言わずに、わたしにぶらさがっていたし、右手が往来でわたしの帽子を振ったりしているときには、不安そうにおずおずとわたしの大腿部《だいたい》にさわってみていたのだ。これはいま行なわれている闘争には、うまくない準備だった。いったい、左手の関節君よ、おまえはこのたくましい右のおまえさんに、どうやって抵抗を続けるつもりかね？　娘のようなおまえの指が、相手の五本の指にしめつけられているのを、どうやって守ってやるのかね？　これはもうわたしには戦闘とは見えなかった。左手の敗けは明々白々なのだ。と思うまに、もう左手は机の左端ぎりぎりにまで追いつめられて、その体には規則正しくまるでピストンのように、右手が上下に打ち振られている。もしもわたしがこの窮状を目にして仏心を出し、いま戦っているのはわたし自身の両の手なのだ、わたしが軽くひと突きすれば、この両者をひき離して、闘争にも窮状にも終止符を打てるのだ、と考えなければ——もしもわたしがそう考えなければ、左手は関節からはずされて、ついには机から投げ出されてしまい、そのあと勝利に酔いしれのぼせあがった右の手は、五つ頭をつけた地獄の犬のように、わたし自身のじっと見守る顔をめがけて、飛びかかってくるかもしれないのだ。ところがそんなことはない、彼らはいま二人とも、重なりあって横たわり、右手は左手の背をさすってや

第三のノートから

夜が恐ろしい。夜でないのが恐ろしい。

精神的な闘争で、自分と他人を分けることの無意味さ（無意味さとは言葉が強すぎる）。

すべての学問は、絶対者についての方法論である。だから、明確に方法的なものに対しては、どんな怖れもいだく必要はない。それは外皮である。がしかし、唯一者たる神を除いたいっさいのもの以上のものではない。

何か慰めなきことを考えるのは、可能であろうか？　いや、こう言いなおそう。慰めの息吹きなしに、何か慰めなきことを考えるのは、可能であろうか？　逃げ道になるのは、認識がそのものとして慰めである、という点であろう。つまり人は、「おまえは自分を無きものにしなければならない」と考えられようが、しかしそれにもかかわらず、この認識をごまかしたりはしないままで、それを認識したという意識を頼りにして、しっかり自分を維持していくことができよう。そうなるとほんとうにこれは、自分の髪の毛をつかまえて、自分を沼からひきずり出すこととおなじである。肉体的な世界ではこっけいなことも、精神の世界では可能なのだ。そこでは重力の法則などは通用しない。（天使は飛んだりしはしない。天使はなんらかの重力を止揚しているのではなく、ただこの現世の観察者であるわれわれには、それ以上うまく考えることができないまでなのである。）もっともこれもまたわれわれにとっては頭に思い浮かべることのできないことである。ないしは、できるとしても、高い段階ではじめてできることなのだ。わたしの自己認識は、わたしの部屋についてのわたしの認識と比べてみたような場合、なんと貧弱なものであろう。

なぜか？　外界の観察が存在しているようには、内界の観察は存在していないのである。少なくとも記述的心理学というのは、これを要するに神人同形同性説であり、境界を逸脱してつきぬけてでたものであろう。内界はそれを生きることができるだけであり、描写することはできないのだ。――心理学とは、天上の面に反映したこの現世を描写しているものである。いや、もっと正確に言うならば、われわれこの現世にとっぷりつかった者が、自分勝手に考え出した反映の描写なのである。というのも、反映などはぜんぜんないのであって、われわれはどこに身を向けようが、現世を見ているにすぎないのだ。

心理学とは短気の謂《い》いである。

ドン・キホーテの不幸は、彼の空想ではなく、サンチョ・パンサである。

現世に汚れた目で見れば、われわれの状況は長いトンネルのなかで列車事故に遭った乗客の状況とおなじである。しかもその事故の起こった場所からは、トンネルの入口の光はもう見えず、かといって出口のほうの光はほんのかすかなので、目は絶えずそれを求めていなければならず、求めていても絶えずそれが見失われてしまい、どちらが入口でどちらが出口なのか、それさえ分からなくなっている。ところが、われわれの周囲にあるものといったら、これは感覚が混乱しているせいか、それとも感覚がひどく鋭敏になりすぎているせいか、まるで怪物ばかりで、それぞれの人の気分だの、怪我の状況しだいで、大いに魅惑的だったり、うんざりさせられたりする万華鏡の風景なのだ。

わたしは何をなすべきか？　あるいは何のためにわたしはそうすべきなのか？　といったようなのは、こうした場面での問題ではない。

人間の歴史は、旅人の二歩の間にある寸秒である。

人は外側からいろいろな理論でこの世界を押し込め、いつも勝利を博するだろうか？　しかし押し込めるのと同時に、自分もいっしょに穴に落ちこんでしまうだろう。人はただ内側からだけ、自分自身と世界とを静かにまた真実に、保持してゆくことができるであろう。

悪魔的なものは、ときおり善のふりをしたり、すっかり善になりすましたりもする。こうして悪魔的なものが、わたしの目にとまらなければ、もちろんわたしは負けてしまう。というのも、この善のほうがほんとうの善よりも魅惑的だからである。しかし、どうであろう、もしその善にかくれた悪魔的なものが、はっきりわたしの目にとまったら？　悪魔に駆りたてられながら、善のなかへと追いこまれたら？　わたしが嫌悪の対象として、体じゅうを触れてまわる針の先で、善のほうへと転がされ、突きさされ、押しやられたら？　善の目に見える爪が、そのわたしの体につかみかかろうとしたら？　わたしは一歩退いて、うしろでずっとわたしの決断を待ちつづけていた悪のなかへ、力なく悲しげにはいってゆくだろう。

ドン・キホーテのもっとも重要な行動の一つ、つまり風車との闘いよりももっと押しつけがましいのは、自殺である。死んだドン・キホーテが死んだドン・キホーテを殺そうとする。しかし殺すためには、生きている立場が必要であり、それを彼は自分の剣で甲斐もなく絶えず探している。こんな仕事に精を出しながら二人の死者は、もつれあったまま元気いっぱいにとんぼがえりを打ち、各時代を転がってゆくのである。

自分自身を認識せよ、とは、自分を観察せよ、ということではない。自分を観察せよ、とは蛇《へび》の言葉である。これは、自分を自分の行動の主人《あるじ》たらしめよ、という意味だ。ところがしかし、おまえはもうすでにそれだ、つまりおまえの行動の主人《あるじ》なのだ。だから、その言葉が意味しているのは、おまえを誤認しろ！　おまえを破壊せよ！　ということで、なにか悪いことなのである――ただ深く深く身を屈するときだけ、人は自分の善の言葉も聞きとることができる。それは「おまえを、あるがままのおまえにするために」と言っているのだ。

死んだあとも彼らは徒党を組んだままでおり、輪舞しながら天へと昇っていった。彼らの飛んでゆく様子は、全体的に見ると、子供のように天真爛漫な光景だった。しかし天国のまえでは、すべてのものが打ちくだかれ、基本的な元素に還元されるので、彼らは墜落した――ほんとうの岩石の塊《かたまり》となって。

魂のなかに、刃《やいば》が突き入ってきたなら、静かに見まもることだ、血を流さないことだ、刃の冷たさを石の冷たさで、受け入れることだ。刺されたことで、刺されたあとで、不死身になることだ。

三人の男が乗った農家の車が、闇のなかでゆっくりと丘をのぼっていた。見知らぬ一人の男が向こうから来て、彼らに声をかけた。短いやりとりののち、見知らぬ男は、いっしょに乗せて行ってくれ、と頼むことになった。それで、こちらは座席を一つ作ってやり、その男を車にひき上げた。車がまた動きだしてしまってから、農夫の一人が彼に聞いた。「あんたは向こうからきて、また向こうへもどるんかね?」——「ええ」と、見知らぬ男は答えて、「はじめはあなた方とおなじ方向に歩いていたんですがね、思ったより早く暗くなってしまったので、また引き返してきたんですよ。」

おまえは静寂を、静寂というものの見込みのなさを、善の石垣を、なげいている。

いばらの茂みは、昔から道を遮断しているものだ。先に進もうとするなら、焼いてしまうほかはない。

対象がものの役に立たないがために、手段がものの役に立たないことを、見そこなってしまうこともある。

悪とは、人の気をそらせるものの謂《い》いである。

悪は善を知っているが、善は悪を知らない。

自己認識を持っているのは、悪だけである。

悪の用いる手段は、問答である。

開祖は、立法者から法律をもたらした。信仰する者は、立法者に法律を布告すべきである。

いろいろな宗教がこの世にあるという事実は、個人は永続的に善良であることはできない、という証拠なのだろうか？　開祖は、善から身をふりもぎって、化身となる。彼がそうするのは他の人々のためなのであろうか？　それとも、他の人々といっしょにいなければ、昔のままでいられないからだろうか？　「現世」を愛さないでいられるようにするためには、それを破壊しなければならないためだろうか？

信仰している者は、奇蹟を体験できない。昼には星が見えないものである。

奇蹟を行なう者は言う。わたしはこの地上を見捨てられない、と。

信仰を自分の言葉と自分のいろいろな確信との間に正しく配分することだ。一つの確信について聞き知った瞬間に、その確信をやじりとばしたりさせないこと。確信が課する責任を、言葉に転嫁《てんか》したりしないこと。いろいろな確信を、言葉で盗まれないようにすること。言葉と確信との一致はまだ決定的なものではないし、信仰とても同様である。そのような言葉はそのような確信を、まだあいかわらず状況しだいで、地中に打ちこんだり、掘り出したりすることができるのだ。

人間の行動について人間の下す判決は、正しくて、無効である。つまり、最初は正しくて、つぎには無効なのである。

家族会議が開かれている部屋のなかへ、右手のドアから隣人たちが入りこみ、最後に弁じた男の最後の言葉を聞いて、これを覚えこみ、左手のドアを通って世間に出てゆくと、彼らの判決を大声で叫ぶ。その言葉についての判決は正しいが、判決自体は無効である。もし彼らが、あくまで正しい判決を下そうとするなら、彼らは永久に部屋にとどまっていなければならなかったろう。そうなれば彼らも家族会議の一員となってしまったであろうが、そのせいでしかし、判決を下すこともまたできなくなってしまったであろう。

ほんとうに判決を下すことができるのは、ただ党派のみである。しかし、党派は党派としては判決を下せない。それゆえこの世には、判決の可能性はない。あるのはただその微光だけである。

独身と自殺とは、似たような認識の段階に立っている。自殺と殉教とは、ぜんぜんそうでなく、そうかもしれないのが、結婚と殉教である。

善人たちはおなじ歩調で歩いている。彼らがいることには気がつかず、他の者たちはそのまわりで、時代のダンスを踊っている。

有頂天になった者と、溺れかけている者は、ふたりとも腕をあげる。前者は元素との一致を、後者は元素との抗争を証拠だてている。

虚栄心は人を醜くする。だから本来根絶されるべきものである。ところがしかし、虚栄心はただ傷つけられるばかりで、「傷つけられた虚栄心」となる。

信仰とは、自分自身のなかの破壊し難いものを解放することである。いや、もっと正しく言えば、自分自身を解放すること、もっと正しくは、破壊し難いものであること、もっと正しくは、ただあることである。

無為は、あらゆる悪徳のはじまり、あらゆる美徳の絶頂である。

道のさまざまな停車駅における、希望のなさのさまざまな形式。

救世主は、もう救世主が必要でなくなったときになって、はじめて現われるであろう。つまり救世主は、彼の到着の一日後に、ようやく現われるであろう。最後の日にではなく、いちばん最後の日に現われるであろう。

三つのこと。
自分自身を、見知らぬものとして見つめ、そこに見える姿を忘れ、見る目だけを保持すること。あるいは、ただ二つのこと、とも言える。三番目は二番目を含むからである。

悪は善の星空である。

天は黙している。ただ黙している者にとってのみ、反響《こだま》である。

わたしが子供に向かって、「口をふきなさい。そうしたらお菓子をあげる」と言えば、これは、口をふくことでお菓子がもらえる、という意味ではない。口をふくことと、お菓子の価値とは、比較できないものだからである。また、この言葉で、口をふくことが、お菓子を食べることの前提にされるわけでもない。こんな条件は、取るに足らないものなのだが、それはさておき、お菓子は昼飯の必要不可欠な構成要素なので、いずれにしても子供はその菓子をもらうことになるからである。——だからこの言葉は、移行を困難にしているのではなく、移行を容易にしているのであり、口をふくということは、お菓子を食べるという大きな利益に先行する、ほんの小さな利益なのである。

魂の観察者は、魂のなかにはいってゆくことはできない。がしかし、魂の縁《ふち》を歩いて、魂と接触することはある。この接触から生ずる認識は、魂もまた自分自身のことを知らない、ということである。だから魂は、永久に未知のものであるほかはない。これは、魂以外にも他に何か存在するものがあるのであれば、そのときはたしかに悲しいことであろう。しかし、他には何ものも存在しないのである。

だれでもが真理を見ることはできない。がしかし、真理であることはできる。

すべてどの瞬間にも、また、何か時間の外にあるものが対応している。此岸《しがん》に彼岸《ひがん》がつづくことはあり得ない。彼岸は永遠であり、したがって、此岸と時間的に接触することはできないからである。

何かを求める者は、それを見出さず、何ものも求めない者は、人に見出される。

ここでは、決定はされないだろう。がしかし、決定するための力は、ここでだけ試され得るのだ。

万国博覧会から故郷に返される黒人は、もうホームシックのあまり気が狂っており、その黒人が自分の村のまん中で、仲間の種族の悲嘆にかこまれながら、伝統と義務としてのまじめくさった顔つきで、ふざけたしぐさをいろいろやらかせて見せると、それをヨーロッパの観衆は、アフリカの風俗習慣だと考えて、大喜びしたのだった。

芸術の自己忘却と自己止揚。元来は逃走であるものが、散歩、ないし攻撃とさえ称される。

それは、ほんとうの認識の股《また》の下を、くぐりぬけることであり、子供のように幸福に、起きあがることである!

楽園からの追放ののち、アダムの最初の家畜は、蛇であった。

またもや楽園にて。原罪をひきおこすものと、原罪を認識するものとは、同一のものである。やましいところのない良心とは、勝ちほこった悪である。左から右へ飛ぶことさえ、もう必要ではないと思っているのだ。

優遇されている者は抑圧されているものに対して、いろいろな心づかいが重荷になると言って弁明をするが、この心づかいこそ、優遇を維持するための心づかいにほかならない。

猟に行くという口実で、彼は家から遠ざかり、家から目を離したくないという口実で、いちばん骨の折れる山をよじのぼって行く。彼が猟に行くのだ、と知っていなければ、われわれも彼をひきとめるのだが。

あるものは、真理と虚偽の二つだけである。

真理は不可分である。したがって自らを認識することができない。真理を認識しようとするものは、虚偽であらざるを得ない。

自分自身の意志で、拳《こぶし》のように彼は向きを変え、世の中を避けた。

ただの一滴も溢れず、ただの一滴の余地もない。

われわれの果たすべき課題が、われわれの人生とまったくおなじ大きさであるということが、その課題に無限という外見を与えている。

踊りのカドリールの法則は、明瞭である。踊り手はみんなそれを知っているし、またどんな時代でもあてはまる法則なのだ。ところが、決して起こってはならないくせに、やたらにくりかえして起こる人生の偶然の一つが、おまえをたった一人で踊りの列に入れこんでしまう。踊りの列もそれで混乱するかもしれない。しかし、それはおまえの知るところではなく、おまえはただおまえの不幸だけを知っている。

悪魔のなかにいながら、なお悪魔を尊敬する。

嘆き――もしわたしが永遠であるのなら、明日《あした》わたしはどうなるのだろう?

われわれは両側で神から引き離されている。アダムとイヴによる人間堕落が、われわれを神からへだて、生命の木が、神をわれわれからへだてている。

われわれは楽園から追放された。しかし楽園は破壊されなかった。楽園からの追放は、ある意味では幸運だった。もしわれわれが追放されなかったなら、楽園は破壊されなければならなかっただろう。

人間堕落の報告のほとんど最後まで、エデンの園も人間といっしょに呪われる、という可能性が残っている――呪われているのは人間だけであり、エデンの園ではない。

アダムは、認識の木の実を食べる日には、死ななければならない、と神が言った。神の言うところによれば、認識の木の実を食べれば、そのたちどころに現われる結果は死である、ということだったし、蛇の言うところによれば（少なくともそう解釈できたわけだが）、それが神と等しくなることだった。この両者とも、おなじように正しくなかった。人間たちは死なないで、死すべきものとなったし、また、神と等しくはならなかったが、神と等しくなるための、必要不可欠な能力を手に入れた。また、両者とも、おなじように正しくもあった。人間は死ななかったが、楽園の人間は死に、彼らは神にはならなかったが、神の認識となったのである。

悪の絶望的な視界。その視界は、善と悪とを認識すれば、もうそこに神との同一性を見ていると思いこむ。呪いもその本質には、なにひとつ悪化させるものがないらしい。つまり、道の長さを、腹で測るであろう、というしろものである。

しかし、あらゆる煙の下には火がある。そして、自分の足が焼けている者は、いたるところにただ黒い煙を見ているからといって、それで命を救われるわけにはいかないのだ。

芸術の立場と人生の立場とは、芸術家自身の内部でも、別々のものである。

芸術は真理のまわりを飛びまわっている。しかし、身を焼きこがすことはしまいという、決然とした意図をもってである。芸術の能力は、いままではそれと認められることのなかったような光の放射が、力強く受けとめられ得る一つの場所を、暗い虚空のなかに見出す、という点にあるのである。

自殺者とは、監獄の庭に絞首台が建てられるのを見て、あれは自分のための絞首台だと早合点し、夜陰にまぎれて独房から脱走すると、庭におりていってわが身の首をくくる囚人である。

認識ならば、われわれは持っている。認識を得ようと特に努めている人は、認識に逆らおうと努めている疑いがある。

至聖所にはいる前には、おまえは靴をぬがなければならない。いや、靴ばかりではない、旅行服も荷物も、みんなだ。それからその下の裸も、裸の下のものも全部、裸の下にかくされているものも全部だ。それから核心も、核心の核心もだ。それからそのほかのもの、それからその残り、それからなお不滅の火の輝きもだ。不滅の火そのものからして、至聖所に吸いこまれるし、吸いこまれ得るのだ。そのどちらも、至聖所の意に逆らうことはできないのだ。

自分を振りはらうのではなく、自分を使いつくすことだ。

アダムとイヴによる人間堕落に対しては、三つの罰があり得た。いちばん軽いのが、実際に行なわれた罰で、楽園からの追放であり、第二は楽園の破壊であり、第三は――これがいちばん残酷な罰となったろうが――永遠の生命を停止して、そのほかのものは、すべてそのままにしておくことである。

AはGと仲よく暮らすこともできなかったし、別れることもできなかった。そのために彼はピストルで自殺した。そうすれば、一致できないものを一つにすることができる、つまり、自分自身といっしょに「あずまや」に行ける、と思ったのである。

「もし……ならば、おまえは死ななければならない」という言葉は、認識は両様であり、永遠の生命への段階であるし、また、永遠の生命をさえぎる障害である、という意味である。おまえが認識を獲得したのち、永遠の生命に至ろうと欲するなら――おまえはそう欲せざるを得ないだろう、認識とはその意志にほかならないのだから――、おまえはおまえ自身、つまり、障害を、破壊しなければならないだろう。段階、つまりは破壊を、建設するためにである。楽園からの追放はそれゆえ行為ではなく、出来事だったのである。

第四のノートから

おまえにすべての責任が課せられるなら、おまえはその瞬間を利用して、その責任に殉《じゅん》じることができよう。しかし、やってみるがいい、そうすればおまえは、おまえにはなにひとつ課せられたのではなく、おまえがその責任そのものであることに、気がつくだろう。

アトラスは、もし望むなら支えている地球を落として、こっそり逃げだしてもかまわないのだ、という意見をいだくことができた。しかし彼には、この意見以上のものは許されなかった。

聞き耳をたてているからこそ、見かけだけの静けさで、一日一日が、一年の季節が、世代と世紀が、つぎつぎに移っていくのだ。馬が、つながれた車の前を走っているのと変わりはない。

どういう方法でも、どんな段階でも、背面援護が得られない闘争。そして、それがよく分かっているくせに、しじゅうそれを忘れてしまう。そして、たとえそれを忘れない場合でも、やっぱりその援護を探し求めてしまい、探し求めるというのも、ただ探し求めながら、身を休めるためであり、それがまた、そんなことをすれば復讐される、と知っているにもかかわらずなのである。

虚偽の世界では、虚偽はその対立物によっても、世界から取り除かれない。取り除けるのは、真理の世界によるほかはない。

苦悩はこの世の積極的な要素である。いや、この世と絶対者とのあいだの、たった一つの結びつきである。

この世を破壊することがわれわれの任務となり得るためには、まず第一にこの世が悪であり、つまり、われわれの意向に反したものであり、第二にわれわれが、世界を破壊できる能力を持っているのでなければならない。第一のほうは、われわれには事実であるように見えるが、第二のほうは、われわれわれにその能力のないことがらである。われわれはこの世を破壊できない。なぜなら、われわれはこの世をなにか独立したものとして建設したのではなく、ただこの世のなかに迷いこんだのであるからだ。いや、それだけではない。この世はわれわれの迷いなのであり、迷いとしてのこの世は、それ自身破壊しがたいものなのである。いや、破壊しがたいものというより、断念によってではなく、それを完結させることによってのみ、破壊され得るものなのであるが、ただその際、この完結も実は破壊の一結果にすぎないのかもしれないのである。だがそれも、この世の内部でのことである。

認識の木と生命の木で表現されるように、われわれにとっては、二種類の真理がある。活動している者の真理と、休息している者の真理だ。第一の真理では、善が悪から分かれ、第二の真理は善そのものにほかならない。つまりその真理は、善についても悪についても知らないのである。第一の真理は実際にわれわれに与えられているが、第二の真理は予感として与えられているにすぎない。これは悲しいことである。喜ばしいのは、第一の真理は瞬間に属し、第二の真理は永遠に属していることだ。そのために、第一の真理も第二の真理の光のなかに、かき消えてしまうのである。

わたしは一致を歓迎すべきなのに、実際はそれを見出すと悲しい。わたしは一致によって、自分が完全であるのを感ずべきなのに、実際は押しつけられたように感ずる——のだろうか？

おまえは、感ずべきなのに、と言う。これはおまえのなかの命令を表現しているのかね？

そのつもりだ。

だがしかし、たった一つの命令がおまえのなかに与えられ、しかもおまえはこの命令をただ耳にするだけで、そのほかにはなにひとつ起こらない、というのはあり得ないことだ。それは持続的な命令なのか、それともただ一時的な命令なのかね？

それはどちらとも決められない。でも、持続的な命令だと思う。わたしはただ一時《いっとき》耳にするだけだが。

どうしてそう結論するんだね？

それは、わたしがとくに耳にしなくても、いわばまあ聞こえてくるからなのだ。それも、それ自体が聞こえるようになるのではなく、反対の声を弱めたり、しだいに怒らせたりしてなのだ。反対の声というのは、つまりわたしに一致を嫌《きら》わせる声のことだ。

そして、一致への命令が下されると、おまえはまたそれと似たように反対の声も耳にする、というのかね？

そうなのだ。いや、反対の声のほかはなにも耳にしてないように思うときもよくある。ほかのものはみんな夢にすぎなくて、夢に昼日中《ひるひなか》しゃべらせているような気がするのだ。

なぜおまえは内心の命令を夢にたとえるのかね？　その命令も夢とおなじように、無意味で、まとまりがなくて、避けられなくて、一回かぎりで、わけもなく人を嬉しがらせたり、こわがらせたりして、十分に伝達することはできないものなのに、やたらに伝達されたがる、と見えるのかね？

そのとおりだ。無意味だというのは、その声に従わないときだけ、わたしはここに存続していられるからなのだ。まとまりがないというのは、だれがそれを命令して、その命令者が何を目ざしているのかが、わたしには分からないからなのだ。避けられないというのは、その命令がなんの準備もしていないわたしに、眠っている者をおそう夢とおなじように、突然ふりかかってくるからなのだ。眠っている者はしかし、眠ろうとして横になるかぎり、夢を見ることは覚悟していなければならないのだが。一回かぎり、ないしは少なくともそう見えるというのは、わたしはその命令に従えないし、その命令は現実のものとはまじりあわず、そのために純潔な一回性を保持しているからなのだ。わけもなく人を嬉しがらせたりこわがらせたりするのもそのとおりだが、ただ嬉しがらせるときのほうがこわがらせるときより、ずっとまれなのだ。伝達することができないというのは、その命令が摑めないものであるからだし、また摑めないものであるというそのおなじ理由から、やたらに伝達されたがりもするのだ。

キリスト、瞬間。

なぜ軽いものはこんなに重いのだろう？　いろいろな誘惑のせいでわたしは——数えあげるのはやめろ。軽いものは重いのだ。とても軽くて、とても重いのだ。いってみればそれは、たった一つの休み場所が、大洋のかなたの一本の木である狩猟のようなものなのだ。

でもなぜみんなそこから移住していってしまったのだろう?——岸辺は、くだける波がいちばんはげしい。彼らの領域は、おそろしくせまくて、なんとも打ちかちがたいものだが。問いさえしなければ、おまえももとに連れもどされたろう。問うためにこそおまえは、もう一つの大洋のかなたまで、流されてゆくのだ。——移住して行ったのは、彼らではない。おまえなのだ。

いつまでも何度でも、このせまさがわたしの胸を押しつぶすことだろう。

永遠とはしかし、時間の静止ではないのだ。

永遠なものを思い浮かべるときに、何かわれわれの気持を圧迫するものがある。それは、永遠というもののなかに時間を経験しなければならないという、われわれにとっては不可解な是認の仕方であり、そこから当然結果として生ずる、あるがままのわれわれ自身の是認である。

自由と束縛とは、本質的な意味では一つのものである。どういう本質的な意味においてだろうか?奴隷は自由を失わない、つまりある面では自由人よりも自由である、などという意味でではない。

各世代の絆《きずな》はおまえという存在の絆ではないが、しかしその両者のあいだに関連はある。——どういう関連であろうか?——各世代はおまえの生命の各瞬間のように死んでゆくのである。——どこに違いがあるのだろうか?

これは古い洒落だが、われわれは自分でこの世を手放さないでいるのに、この世がわれわれを手放さない、と言って嘆くのだ。

おまえはある意味でこの世の存在を否定している。おまえは存在を一種の休息、運動のなかの休息として説明するのだ。

彼の家は、あたり一帯がぜんぶ火事で焼けてしまったのに、その災いをまぬかれた。彼が信心深かったためではない。彼の家が火災をまぬかれるように、彼が目ざしたからである。

観察するものはある意味で、他者とともに生きる者である。彼は生きているものに執着し、風の歩みに歩調を合わせようとする。わたしのしたくないことだ。

生きるということは、生の真っただ中にあることだ。わたしがそのなかに生を作りだした目で、生を見ることなのだ。

この世は、この世が作られた地点からだけ、善なるものと見なされ得る。そこからだけ、「見よ、それは善《よ》かりき」と言われたからだ——そして、そこからだけ有罪の決定を下され、破壊され得るのである。

いつでも用意ができている。彼の家はポータブルなのだ。彼はいつでも故郷に住んでいる。

この世の決定的な特徴は、そのうつろいやすさだ。その意味では、何世紀という歳月も、ただの一瞬の瞬間に、少しも立ちまさっていない。だから、うつろいやすさそのものの連続性などは、なんらの慰めにもならない。新しい生命が廃墟のなかから花咲くということは、生の永続性よりもむしろ死の永続性を証明しているのだ。ところで、わたしがこの世に打ち勝とうとするなら、わたしはその決定的な特徴に、つまりそのうつろいやすさに打ち勝たなければならない。この人生でわたしにそんなことができるだろうか、それもただたんに希望とか信仰によってでなく、実際にこの世に打ち勝つということが?

そうか、おまえはこの世に打ち勝とうと思っているわけだな。それも、希望だの信仰などより、もっと実際的なものである武器によってだね。そうした武器も、あるにはちがいない。しかし、そうした武器は、一定の前提のもとでのみ、武器であると認めることができ、また武器として用いることができるのだ。まずもってわたしは、おまえがこの前提をそなえているかどうかを見てみたい。

ああ、調べてくれ。だが、わたしがいまその前提をそなえていなくても、これから獲得することはできると思うのだが。

もちろんだ。だが、その手伝いはしてやれないよ。

わたしがもう前提を獲得してしまっているのでなくては、手伝ってはやれない、というのだな。

そうだ。だがもっと正確に言うと、わたしはおまえの手伝いはぜんぜんしてやれないのだ。なぜといって、おまえが前提をそなえてさえいれば、おまえはもうぜんぶを手に入れたことになるからだ。

そういうわけなら、なぜおまえはわたしのことをまずもって試験しようとしたのだ？

おまえに何が欠けているのかを教えてやるためではなく、おまえに何かが欠けているという事実を教えてやるためだったのだ。それだけでも少しは有益なことを、おまえにしてやれたかもしれない。おまえに何かが欠けていることは、おまえも知っているのだが、おまえはそれを信じていないのだからね。

ではおまえは、わたしのもともとの質問に対して、わたしがその質問を出さざるを得なかったということの証明だけを、提供してくれているのだね。

いや、もっとそれ以上のものを提供しているのだ。それはつまり、いまおまえがおまえの立場上、ぜんぜん精確に表現できないでいるものなのだ。わたしは、おまえが本来ならおまえのもともとの質問を、別の仕方で出すべきだった、ということの証明をして見せているのだ。

ではそれは、おまえがわたしに答える気もなく答えることができもしない、という意味なんだな。

「おまえには答えない」――ということだ。

そして、その信仰――それはおまえも与えることができる。

直観と体験（カフカが Intention 志向を Intuition 直観と書きまちがえたものと見られている）。《体験》が絶対者のなかに安らうことであるなら、《直観》はこの世を迂回して絶対者にいたる回り道でしかあり得ない。すべてのものは、目標にいたろうとしているが、目標はただ一つである。もっとも、それの補償も可能ではあろう。つまり、分析は時間のなかでの分析にとどまっており、したがってなるほどどの瞬間にも成熟はするが、事実はしかしぜんぜん成就しない分析にすぎない、ということである。

将来のことだけを心配している者は、現在の瞬間のことだけを心配している者より、深慮があるわけではない。というのも、彼は現在の瞬間のことすら心配しないで、ただその瞬間の継続のことだけを心配しているからだ。

観照と行動は、両者ともに見せかけだけの真理を持っている。しかし、観照から発した行動、いや、むしろ、観照に立ちもどってゆく行動だけが、真理である。

おまえの意志は自由である。おまえの意志は、それが荒野を欲したときに自由であったし、その荒野を横切る道を選択できるがゆえに自由であり、歩き方を選べるがゆえに自由である。しかしおまえの意志は、おまえが荒野を通って行かねばならないがゆえに、また不自由でもあり、どの道も迷路のようにかならず一歩の幅の荒野に触れるがゆえに、不自由である。

女性、いや、もっとはっきり言って、結婚は、おまえが対決すべき、人生の代表者である。

いろいろな発明は、われわれの先きを走っている。ちょうど海の岸辺が、たえず機関で震動している汽船の先きを、いつも走っているようなものである。発明は、なされ得るいっさいのことを、なしとげる。飛行機は鳥のようには飛ばないとか、われわれは生きた鳥を創れるようにはけっしてならない、などというのは不当なことである。もちろんそれはできないことなのだが、ただしかし誤りはその異議のなかにある。ちょうど直線コースを走っている汽船に対して、その汽船が何度でも最初の停泊地に着くことを要求するようなものである。――つまり、鳥は根源的な行為によって創られることはできないのだ。なぜなら鳥はもうすでに創られており、最初の創造行為にもとづいて、何度でもくりかえして成立しているからである。このように、根源的でしかも絶えることのない意志にもとづいて創られ、これから先きもしぶきを上げてゆく生きた系列のなかに、割りこんではいるのは不可能なことである。ちょうど神話で語られているように、最初の女は男の肋骨《ろっこつ》で創られはしたが、しかしこれは二度とふたたびくりかえされることはなく、それ以後の男たちは、いつも他の男の娘を妻としている、というのとおなじである。――しかし、鳥を創る方法ならびに傾向は――それが問題なのだが――、飛行機を創る方法ならびに傾向と、違っていなければならない、という理由はないのであり、銃声と雷鳴とを取りちがえる野蛮人の解釈は、限定された真理しか持ち得ないものである。

ほんとうに前世に生きていたことの証明。わたしは以前におまえを見たことがあるのだ、つまり、太古の奇蹟と、日々の終わりの奇蹟とを。

家庭生活や友人関係や結婚や職業や文学など、わたしにいっさいのものを失敗させる、いや、失敗さえもさせないものは、怠惰や悪意や不器用さ――「毒虫は無から生まれる」のだから、こうしたものすべてがいくぶんかはあずかって力あるけれども――ではなく、それは大地と空気と戒律の欠乏である。これらのものを創るのが、わたしの課題である。とはいってもそれは、わたしがいままで怠っていたものを、取りかえすためなどではなく、なにひとつ怠らなかったようにするためなのである。というのも、その課題はほかの課題とおなじだからである。のみならずそれは、もっとも根源的な課題である、いや、少なくともその残照なのである。ちょうど人が空気の稀薄な山の上に登ったとき、突然はるかな太陽の輝きのなかに、踏み入ることができるのとおなじなのだ。それはまた例外的な課題でもない。いままでにもたびたび課されたことのある課題であるにちがいない。ただしかし、これほど大きな規模で課されたかどうかは、分からない。わたしの知るかぎり、わたしは生きるに必要なものをなにひとつさずかってこなかった。身にたずさえているのは、ただ一般的な人間的弱点ばかりである。この弱点で――この点ではそれはまことに巨大な力なのだ――わたしは、わたしの時代の否定的なものを力強く取りあげたのだ。そのわたしの時代とは、わたしにとってはまことに身近なものであり、それを克服する権利はけっしてないが、それをいわば代表する権利はわたしにもある、というものなのである。わずかばかりの肯定的なものや、肯定的なものに転じてしまう最極端の否定的なものは、わたしはなにひとつ相続しなかった。キリスト教の手は、もうすでに重くたれ下がってしまっているが、わたしはキルケゴールのように、とにもかくにもそのキリスト教の手で人生のなかへ導き入れられたのではなく、かといってまた、シオニストたちのように、飛び去りゆくユダヤ教の祈禱服の裾《すそ》をつかまえたわけでもない。わたしは終末であるか、発端である。

　彼はそれをこめかみに感じた、石壁が突き刺さろうとする爪の先きを感じるように。つまり彼はそれを感じなかった。

だれもこの世では、自分の精神的な生存可能性より以上のものは作らない。彼が自分の食料や衣服や、その他もろもろのもののために働いているように見えるのは、さして重要なことがらではない。目に見える一口の食べものといっしょに、かならずまた目に見えぬ一口の食べものが、目に見える一着の衣服といっしょに、かならずまた目に見えぬ一着の衣服が、といったぐあいに常に彼にさしだされているのである。これが、人間だれでもがやる正当化なのだ。それはあたかも彼が自分の存在を、あとからいろいろと正当化することで、基礎づけているかのように見えるのだが、そう見えるのはただ心理学的な目による鏡に映った文字であるにすぎず、事実彼はその生を、彼のもろもろの正当化の上に、うちたてているのである。もっともだれも自分の生を（あるいはおなじことだが、自分の死を）正当化できなければならない。この課題を避けることはできないのである。

われわれは、だれでもが自分の生を生きるのを（あるいは自分の死を死ぬのを）、見ている。内的な正当化がなければ、これは行ない得ないことであろう。だれも、正当化されていない生を生きることはできないのだ。このことから、人間を蔑視して、だれでもが自分の生をいろいろな正当化で基礎づけているのだ、と結論することもできよう。

心理学とは、鏡に映った文字を読むことにほかならない。したがって、骨がおれるし、また、いつでも答えの合っている結果について言えば、大いに成果の多いものである。しかし、ほんとうにはなにひとつ事は成っていないのだ。

人間が死ぬと、さすがにこの地上でも、その死者に関してはしばらくの間、快い特別な静けさがはじまる。現世の熱病は止んでしまい、死がもうこの先き続いていかないのが見える。一つの誤りがとり除かれたように思われ、生きている人々にとっても、これはほっと息をつく機会となる。事実そのためにまた人は死者の部屋の窓をあける――すべてが見せかけだけのことだと分かり、苦痛と悲嘆がまたはじまるまで。

死の残酷さは、死が終末のほんとうの苦痛をもたらしながら、終末はもたらさない点にある。

死の残酷さ、つまりそれは、見せかけだけの終末が、ほんとうの苦痛をひきおこす点である。

死の床での嘆きとは、本来ここではほんとうの意味で死が行なわれたのではないという嘆きである。われわれはまだあいかわらずこの死で満足しなければならない。まだあいかわらず、この遊びを遊んでいるのである。

人類の発展――つまりは、死の力の発展。

われわれの救いは死である。がしかし、この世の死ではない。

この世ではどんな人間にも、二つの信仰上の質問が出される。一つはこの人生が信ずるに値するかどうかという問いであり、もう一つは、彼の目標が信ずるに値するかどうかという問いである。両方の問いとも、例外なくその問われた人間自身が生きているという事実によって、いかにも確然としかも直截に、「しかり」と答えられる。したがって、質問が正しく理解されたのかどうかが、疑わしくなってしまうほどである。さてしかし、とにかく人は、この自分自身の根本的なしかりの答えに到達すべく、いくたの困難を切りぬけていかなければならない。というのも、答えはその表面のずっと下のほうで、問いの猛攻を受け、混乱し、逃げまわっているからである。

（キルケゴールの『おそれとおののき』に関連して）

逆説は伝達不能であるかもしれない。しかし、その伝達不能性は、そのままの形であらわされるものではない。なぜといって、アブラハム自身が逆説を理解していないからだ。ところで、アブラハムはその逆説を理解する必要がないか、あるいは理解してはならないのである。だから、自分のために解釈することも許されないのだが、ただ他の人々に対してはその逆説を解釈しようと試みることを許されている。普遍的なことといえども、この意味ではけっして一つに解釈できる明白なものではない。これは、イフィゲーニェの場合に、神託がけっして一つに解釈できる明白なものではない、という点によくあらわれている。

（同右）

普遍的なもののなかでの安らぎ？　普遍的なものというのは、いつも二様に解釈されるのだ。ときによると普遍的なものは、安息と解釈され、他の場合にはしかし、個と普遍との間の「普遍的な」行き来と解釈される。まずもって安らぎこそ、ほんとうに普遍的なものであり、それと同時にまた究極の目標でもあるのだ。

（同右）

あたかも、普遍と個との間の行き来は、現実の舞台で行なわれるのに反して、普遍的なもののなかでの生活は、ただ舞台背景の書き割りに、描きこまれていくかのように見えるものである。

（同右）

非常に間接的にしかわたしの責任ではないその無意味さが、わたしを疲らせるというような発展は、存在しはしない。はかないこの世は、アブラハムの用心深い思慮には、充分なものでない。それゆえ、彼はこの世といっしょに、永遠のなかへ移住しようと決心する。しかし、出口の門がせますぎるのか、入口の門がせますぎるのか、彼は家具をつんだ車を通すことができない。それを彼は、自分の命令する声の弱さのせいだとする。これが彼の生の苦悩である。

(同右)

アブラハムの精神的な貧困と、この貧困の鈍重さとは、一つの長所である。これは彼が精神集中を行なうのを、たやすくさせている。いや、むしろ、それ自身がすでに精神集中なのである。ただしかし、それによって彼は、精神の集中力を適用することのなかにある長所は、失っているのである。

(同右)

アブラハムは、つぎのような錯覚にとらわれている。この世の単調さには耐えることができない。ところがしかし、この世は周知のとおりおそろしく多様である。それは、一握りの世界を手にとって、よくよく眺めてみれば、いつでも確認できることである。もちろんアブラハムもそれは知っている。だから実のところ、この世が単調だという嘆きは、この世の多様さと充分深く混ぜ合わされていないことに対する嘆きなのである。だから実のところ、この世の中へのスプリングボードなのである。

(キルケゴールについて)

彼の論証と並んで、いつもいっしょに魔術が歩んでいる。人は論証することを避けて魔法の世界にはいることもできるし、魔術を避けて、論理のなかにはいることもできるが、両者を同時に圧殺してしまうこともできる。それもとくに、この両者が第三のものであって、生きた魔法であるか、あるいは、この世の破壊的ではなく建設的な破壊であるからなのだ。

（同右）

彼は精神が豊かすぎる。彼はその精神といっしょに、まるで魔法の車に乗っているかのように、地上を走りまわる。道のないところもだ。そして、そこには道がないのだということを、自分では知ることができない。そのために、後継者を求める彼の謙虚な願いは、専制的な暴虐行為となり、「道を歩んで」いるのだという彼の正直な信仰が、高慢な自惚《うぬぼ》れとなる。

すべてのものが彼の意のままに建設に従事した。見知らぬ国の労働者たちが、大理石を運んできた。切りそろえられ、うまく合うようにできあがった大理石だ。彼の指が測りながら動くのにつれて、石は持ちあがり、ずり動いていった。どんな建物も、この神殿ほどらくらくとできあがったためしはなかった。いや、むしろ、この神殿はほんとうに神殿らしくできあがった、と言えよう。ただしかし、どの石——どこの石切場から切り出された石なのだろうか？——の上にも、無意味な子供の手で稚拙《ちせつ》な金釘《かなくぎ》流が、いや、むしろ、野蛮な山岳住民の記入した文字が、怒らすためか、はずかしめるためか、あるいはまたすっかり破壊するためか、おそろしく鋭いものにちがいない道具で、神殿よりも長続きする永遠のために、刻みこまれていたのだった。

おまえはわたしから去ろうというのか？　まあ、決心とは、どのみちみんなおなじようなものだ。だが、いったいどこへ行こうというのかね？　どこにわたしからの離脱があるのかね？　月の世界かね？　月の世界にだって離脱はないし、だいいちそんな遠くまでは行けっこないのだ。だとすれば、なぜそんなことをしたがるのだね？　片隅に坐って黙っていたほうがよくはないかね？　そのほうがましだろうとも思うのだが？　ほら、そこの片隅だ、暖かくて暗いだろう？　聞いていないのかね？　手さぐりでドアをさがしているな。そうだ、いったいどこにドアがあるのかね？　わたしの覚えているかぎりでは、この部屋にはドアはないはずだ。この家が建てられたころ、だれがいったいおまえのような、世の人々を驚かす設計を、考えついたことだろう？　まあしかし、何も失われたわけではない。そういった考えは、失われるものではないからな。わたしたちで集まって、それをよく検討してみるつもりだ。そして、どっと起こる笑い声こそ、おまえへの報酬なのだ。

ポセイドンは自分の海にうんざりしてしまった。三叉《みつまた》の鉾《ほこ》が手からすべり落ちた。海辺の巌《いわお》にじっと坐っていたが、彼のいるのにあわてた鷗《かもめ》が一羽、その頭上にゆらめく輪を描いて飛んだ。

隣人への道は、わたしにとって、非常に長い。

プラハ。宗教たちが、人々とおなじように、失われてゆく。

第五のノートから

わたしは大いに満足できるところなのだ。わたしは市庁の公務員だ。市庁の公務員とは、なんとすばらしいことだろう！　仕事は少ないし、給料はたっぷりだし、暇はたくさんあるし、市中いたるところで法外なほど尊敬をうける。市庁公務員というもののご身分のほどを、はっきりと頭に思いえがいてみると、わたしはどうしても羨しく思わないではいられない。ところがいまはわたしがそれなのだ、市庁公務員なのだ——しかもわたしは、もしもできることなら、この栄誉のいっさいを、毎日昼前に部屋から部屋へと歩きまわり、朝飯の残りを拾い集めている、あの市庁の猫の奴に、食わせてやってしまいたいのだ。

近いうちにわたしが死ぬか、あるいはまったくの生活不能者になるようなことがあれば——この可能性は大きい。このところ二晩つづけて、ひどい喀血《かっけつ》をしたのだ——、わたしは自分で自分自身をひき裂いてしまったのだ、と言えるだろう。昔わたしの父は、乱暴だがおよそ中味のないおどかしをして、よくこう言ったものである。「おまえを魚のようにひき裂いてしまうぞ」と――実際は、わたしの体に指一本ふれなかったが――。ところがいまこのおどかしは父とは関係なしに、実現している。この世――F（フェリーチェ・バウアーのこと）がその代表者だ――とわたしの自我とが、解決できない抗争をつづけて、わたしの肉体をひき裂いているのだ。

烏《からす》よ、とわたしは言った。不吉な烏よ、おまえは絶えずわたしの行く手にいて、何をしているのだ。どこへわたしが行こうが、おまえはすわって、二枚の羽をさか立てている。うるさい奴だ！

そうなんで、と烏は言って、頭をたれながら、わたしの前を行ったり来たりした。ちょうど講義をしている教師のようだ。そのとおりなんですよ、わたし自身にもうこりゃ不愉快なくらいでさあ。

このならず者め、どうだ、ここらでひとつ決着をつけるとしたら？

いや、いや、それには絶対反対しますよ。

もちろんそうだろうさ。だが、それでもおまえは片づけられてしまうんだぞ。

わたしゃ、身内のものを呼んできますよ。

それも先刻承知してるわ。奴らもみんな、壁に叩きつけられてしまうのだ。

いつもわたしをすりつぶしている、この二つの石臼《いしうす》の間から、わたしをひき出してくれるものさえあれば、それがたとえ何であろうとも、あんまり体がいたまなくてすむかぎり、わたしはそれを恩恵だと感じとる。

わたしの触れるものは、くずれてゆく。

彼は計算と首っぴきでいた。大きな縦列、ときおり彼はその縦列から身をそむけて、顔を手にうずめた。その計算から何が生じてきただろう？　悲しい、悲しい計算よ。

夢がつぎからつぎにと洪水のように、わたしの上をのり越えて流れて行った。わたしは疲れて希望もなく、ベッドに横たわっていた。

希望なしが小さなボートに乗って、希望にみちた喜望峰をまわっていた。朝早くて、力強い風が吹いていた。希望なしは小さな帆をあげて、のんびりとうしろにもたれかかった。何を恐れることがあったろう。喫水《きっすい》の浅い小さなボートは、この危険な水路のありとあらゆる暗礁の上を、まるで生きもののような敏活さで、すべってゆくではないか。

かわいい蛇《へび》よ、なぜそんなに離れているのだ、こっちへおいで、もっとこっちへ、よろしい、そこまでだ、そこにとまっているのだ。ああ、おまえにとっては限界というものがないんだな。おまえが限界を認めないとあれば、どうしてわたしにおまえが支配できよう。どうもこれはむずかしい仕事になりそうだな。まあ手はじめに、頼むから、とぐろをまいてみてもらおう。とぐろをまくんだというのに、おまえは体をのばしている。わたしの言うことが分からないのかね？　分からないんだな。ずいぶん分かりやすく言ってるはずだがね、とぐろをまけっ！　だ。だめだ、分かっていない。じゃあ、ここに杖で描いて教えてやろう。まず最初に大きな輪をえがくんだ。それから、その輪にぴったりくっつくようにして、内側に第二の輪をえがく、といった調子につづけてゆく。そうして最後にまだ頭をもたげていたら、あとでわたしが笛を吹くから、その笛のメロディーにあわせて、ゆっくりとその頭を垂れてゆく。わたしが笛を吹くのをやめたら、おまえもうじっとしていなくちゃいけない、頭をいちばん内側の輪に入れてだよ。

第六のノートから

この階段がどういうものであるのか、どんな関連がそこにはあるのか、いったい何がそこに期待できるのか、どういうふうにそれを受け入れるべきなのか――そうしたことをわたしは、もっと前から考えておくべきだったようだ。でも、おまえは一度もこの階段の話を聞いたことがないじゃないか、とわたしはわたしに言いわけを言った。新聞や本には、およそこの世に存在するありとあらゆるものが、ひっきりなしに人の口にのぼり、論評されている。それだのにこの階段については、何も書かれていなかったんだ。そうかもしれない、とわたしはわたし自身に答えて言った。そりゃきっと、おまえの読み方が不正確だったんだ。おまえはよくぼんやりしていることがある。文章をいくつか省いてしまったり、ひどいときは見出しだけ読んで、こと足れりとしてしまったんだ。もしかすると、そういうところにこの階段のことが書いてあって、おまえが読み落としたのかもしれない。ところがいまになって、ちょうど読み落としたものが、おまえに必要になってきたんだ。そこでわたしは一瞬間立ち止まって、この抗議についてよく考えてみた。と、思い出すような気がしたのが、一度ある子供の本のなかで、もしかしたらこれに似たような階段のことを読んだことがある、ということだった。書いてあったのはたくさんではなかった。ただそういう階段があるということだけが、書かれていたようだった。これではわたしにはなんの役にも立たなかった。

第七のノートから

犯すべからざる夢。彼女は国道を走っていた。わたしにはその姿が見えなかった。わたしが認めたのは、彼女が走りながら体を振り動かしている様子や、ヴェールがひるがえる様子や、足が上げられる様子だけだった。わたしは畑のふちにすわりこんで、小川の水に見入っていた。彼女は村をいくつも走りぬけて行った。子供たちが戸口に立って、彼女が走って来るのを眺め、走って去るのを眺めていた。

第八のノートから

わたしは万事馭者を信頼することにしていた。わたしたちが、横へも上へもなだらかなふくらみを見せている高い白い壁に出あって、前進するのをやめ、壁にそって馬車を進めながら、それに手をふれてみたとき、とうとう馭者が言った。「これは額《ひたい》ですよ。」

喜びとしての労働、心理学者には解明しがたい。

心理学をやりすぎたあとの気分の悪さ。丈夫な足があって、心理学に入門を許されれば、短い時間のあいだに、好き勝手なジグザグをえがきながら、他の分野では見られないような、長い距離を後にすることができる。と、目には涙がこみあげてくる。

わたしは荒れた一かたまりの大地の上に立っている。なぜわたしが、もっとましな土地の上に立たされなかったのか、それは分からない。わたしにはその値うちがないのだろうか？　そうは言えまい。わたしよりも豊かには、どこにも藪《やぶ》は育たないのだ。

わたしは肩に、何をかついでいるのだろう？　どんな化けものたちが、わたしを肩に羽織っているのだろう？

門が急にばたんとしまった。わたしはその門と顔をつき合わせ、目と目を見つめあいながら立っていた。

断章から

独自の性格を強調すること――つまりは絶望。

わたしはかつて一度も、規則というものを知ったことがない。

眉《まゆ》が目を取りまくように、半円をえがいておまえを取りまいている悪は、無為へと光をさげよ。おまえが眠っているあいだは、おまえの上で寝ずの番をするがよい。がしかし、ほんの少しも前に進んではならないのだ。

判断する思想は、苦しみを高めながら、何ものにも助けの手をのばさずに、ただ苦痛を通じて苦しみながら上《のぼ》っていった。ちょうど、いまはもう焼け落ちようとしている家のなかで、建築学上の根本問題が、はじめて投じられるようなものだった。

わたしは死ぬことはできたが、苦痛をしのぶことはできなかった。苦痛を逃れようとする試みで、わたしは苦痛をはっきりと高めてしまった。わたしは死に従うことはできたが、苦痛には従えなかった。わたしには魂の運動が欠けていたのだ。ちょうど、すべてのものがトランクにつめ込まれているのに、締められた革帯がやたらにまた何度でも締めつけられて、そのくせ旅に出るにはいたらない、というのとおなじである。いちばん始末におえないのは、死にはいたらない苦痛である。

平均化への努力。「そんなにひどいことじゃない、みんなそうなんだから」とわたしは言ったが、しかしそのためになおひどくしてしまった。

わたしの教育が失敗に終わらざるを得なかった必然性。わたしとしても他にやりようはないだろう。

平均化することは正しい、かもしれない。がしかし、あんまり客観化しすぎては、生きる可能性がみんな廃棄されてしまう。

たくさんの人が待っている。暗闇にまぎれているのは、数知れぬ群集なのだ。何を彼らは望んでいるのだろう？　彼らがかかげているのは、かならずや特定の要求であるにちがいない。わたしはその要求をよく聞きとって、そのうえで返答をしてやろう。だがわたしは、バルコニーには出て行かない。たとえ出ようとしても、出られはしないのだ。冬にはバルコニーのドアに鍵がかけられてしまい、その鍵はわたしの手もとにないからだ。だがわたしは、窓ぎわにも行く気はない。わたしはだれの姿も見たくないし、何かを目にして気持を乱されたくないのだ。書きもの机、それがわたしの場所であり、頭を両手に埋めている、それがわたしの姿勢なのだ。

わたしが夜、河ぞいに塔から歩いてくると、ねばり強い暗い水が、夜ごとカンテラの光の下で、ゆっくりと体を動かすさまはどうだろう。ちょうど、わたしが眠っている男の上に、カンテラを動かしてゆくと、その男がただ光のせいで、目はさまさずに伸びをし、寝返りをうつようなものである。

見すてられた魂よ、何をおまえは嘆いているのか？　なぜおまえは生の家のまわりを、ひらひら飛びまわっているのか？　なぜおまえは、おまえのものである遠いかなたを、見ようとしないのか？　こんなところで、おまえには縁のないものを、得ようとつとめて何になるのだ。手のなかで、痙攣《けいれん》的に身をもがいている半死半生の雀《すずめ》より、屋根の上の生きた鳩《はと》のほうが、われわれにはのぞましいのだ。

高き夢よ、おまえのマントを、子供の体にかけてあげよ。

二人の兵隊がやってきて、わたしの体をつかまえた。わたしは抵抗したが、捕えられてしまった。

連中はわたしを自分たちの主人のところへ連れていった。将校だ。その制服のまあなんと色はなやかなことよ！　わたしは言った、「わたしをどうしようというんです、わたしは市民ですよ。」士官はほほえんでこう言った、「きみは市民だよ。だが、だからといって、われわれがきみをつかまえられない、ということはないさ。軍はいっさいを支配する権力を持っているのでね。」

彼女は眠っている。わたしは彼女を起こさない。なぜおまえは彼女を起こさないのか？　これはわたしの不幸でもあり、幸福でもあるのだ。わたしは不幸だ。それは、わたしには彼女を起こすことができないからであり、彼女の家の燃える戸口に足をおくことができないからであり、わたしが彼女の家への道を知らないからであり、道のある方角を知らないからであり、彼女からますます遠く離れてゆくからであり、しかもその離れていき方がいかにも力なく、まるで木《こ》の葉が秋の風に木から離れていくようだからであり、しかもなおそのうえに、わたしは一度としてこの木にくっついていたことはないのであり、秋風のなかの木の葉ではあるけれども、どの木の木の葉でもないわけなのだ。——わたしは幸福だ。それは、わたしには彼女を起こすことができないからである。なぜといって、もしも彼女が身を起こしたなら、もしも彼女が寝床から起き上がったなら、もしもわたしが寝床から起き上がったなら、ライオンが寝床から起き上がったなら、そしてわたしの咆哮《ほうこう》が、わたしの臆病な聴覚につき入ってきたなら、いったいわたしはどうしたらいいのだろうか。

わたしは彼女を愛しているが、彼女と話をすることができない。わたしは彼女と出あわないために、彼女を待ち伏せしている。

わたしは一人の娘を愛し、彼女も私を愛していた。しかしわたしは彼女を見捨てなければならなかった。

なぜだね？

わからない。ちょうど彼女が武装兵たちの輪に囲まれており、その兵士たちは槍《やり》を外側に向けてでもいるかのようだったのだ。たとえわたしが近づいたところで、槍の穂先きに突きささり、傷をうけて、引き返さなければならなかったろう。わたしはずいぶん苦しんだのだ。

娘のほうにはその責任がないのかね？

ないと思う。いや、思うというより、はっきりないのだ。さっきの譬《たとえ》は完全なものではなかった。わたしのほうも武装兵たちに囲まれていたのだが、この連中は槍を内側に、つまりわたしのほうに向けていたのだ。わたしが娘のところへ突き進もうとすれば、まず最初にわたしは、自分の武装兵たちの槍に巻き込まれてしまい、もうそこから前進することはできなかったのだ。もしかするとわたしは、娘の武装兵たちのところまでは一度も行けたことがないのであり、たとえそこまで行ったとしても、そのときはもうわたしの槍のために血を流して、意識も失っていたことだろう。

娘はひとりのままでいたかね？

いや、他の男が彼女のところに突き進んでいった。いともたやすくなんの邪魔だてもされずにだ。わたしは自分の労苦にもう疲れきってしまい、まるで無関心に眺めやっていた。それはちょうど自分が、彼ら二人の顔が最初のキスで寄りあっていったときの、その顔のあいだにあった空気でもあるかのようだったのだ。

おまえはいつもドアのまわりをなでまわしてばかりいるじゃないか。元気よくなかへはいっていったらどうだ。なかでは二人の男が、荒けずりの机について、おまえの来るのを待っている。おまえがためらっている原因について、意見を交換しているのだ。中世の服装をした、騎士のような男たちだ。

わたしが今日になって、わたしの友人と、その友人に対するわたしの関係とについて、わたし自身に説明してみようとするならば、それは人が長い人生のあいだにくり返し試みる助走——ほとんどの場合は希望のない、あのたくさんの助走のうちの一つだったのだ。つまり、飛ぶための助走なのではあるが、飛ぶといっても、それが前向きに人生のなかに飛び込もうとしているのか、人生から飛び去ろうとしているのかは分からないのだ。がしかし、希望はない助走なので、危険もないわけである。

彼は怠けものだ、と言う人もあり、彼は仕事に対して恐怖心をもっているのだ、と言う人もある。

後者の人たちのほうが彼を正しく判断しているのだ。彼は仕事に対して恐怖心をもっている。何か仕事をはじめると、彼は故郷を去らなければならない者とおなじ感情をいだくのだ。なにもかくべつ愛する故郷というわけではないのだが、それでもしかし、住み馴れた安全な場所である。仕事はどこへ自分を連れて行くのだろうか？　そんなふうに彼は、自分が引きずられてゆくのを感じる。ちょうど、まだほんの小さい内気な仔犬が、大都市の路上をひっぱっていかれるような気持なのだ。彼を興奮させるのは、騒音ではない。もし彼が騒音を耳にして、その騒音の成分となっているものをいちいち区別することができるのであったら、彼もすぐそれにすっかり気を奪われてしまうだろう。がしかし、彼にはその騒音は聞こえてこない。ただ一種独特な静けさ、いわばもうありとあらゆる方向から彼のほうを向き、彼の動静を耳をすませてうかがい、彼を自分の栄養にしようとしている静けさ、その静けさだけが彼の耳には聞こえるのだ。これは不気味なことである。興奮させられると同時に、また退屈なことでもある。ほとんど耐えられないことである。どれだけ彼は進むだろうか？　二歩か三歩、それ以上ではない。すると彼は、疲れきって旅からまた故郷へと、よろめきもどらなければならないのだ。灰色の好まざる故郷へとである。そのせいで彼は、どんな仕事もいやになるのだ。

ここから去ることだ、なにがなんでも、ここから去ることだ！　どこへ連れてゆく気なのか、そんなことは言ってくれなくてもいい。おまえの手はどこだ。ああ、この暗がりではその手にさわることもできない。せめてもうその手をつかまえているのだったら、おまえもこのわたしをはねつけはしないだろうと思うんだが。わたしの言うことが聞こえているのか？　いったいおまえはこの部屋にいるのか？　おまえはぜんぜんここにいないのかもしれない。またなんでおまえが、こんな北国の氷と霧のなかに、人間なんかだれもいようとは思えぬところに、惹かれて来るはずがあろう。おまえはここにはいないんだ。おまえはこんな土地を避けたんだ。だがしかし、わたしは立っており、おまえがここにいるのかいないのか、それを決定すると同時に倒れるのだ。

びっこをひく者が、自分たちのほうがふつうに歩く者よりも、飛翔に近いのだ、と思うこと。しかもその際いろいろなことが、こうした彼らの意見を証明するものとなっている。なにかの証明にならないいろいろなことというのがあるだろうか？

わたしは自分の分別を片方の手のなかにかくしこんでしまった。楽しげに、頭はまっすぐたてていられるが、その手はぐったりと垂れさがっている。分別の重みが大地へ手をひっぱるのだ。見てみるがよい、皮のかたい、血管の縦横に走った、しわのきざみこまれた、静脈の浮き出た、五本の指のあるこの小さな手を。分別を、この見すぼらしい容器のなかに入れて、救うことができたのは、なんとしてもでかしたことだった。とくに具合がいいのは、手が二本あることだ。子供の遊びみたいに、「どの手に分別があーる？」とわたしは聞く。だれも当てることはできない。両手を合わせて、またたくまに分別を、一つの手から別の手に、移してしまえるからだ。

またしても、またしても、遠い遠い追放だ。山や、砂漠や、広野を、踏みこえて行かなければならない。

この四階で直接戸外に通じているのは、バルコニーではなく、ただ窓の代わりをしている一枚のドアだった。そのドアはいま、春の夕べに向けて開かれていた。一人の学生が勉強しながら、部屋のなかを行ったり来たりしていた。窓のドアのところへ来るたびに、かならず彼は外の敷居の上を、かかとでなでている。ちょうど、なにかあとのために取っておきの甘いものを、ちょっと舌でなめてみているようなものである。

われわれが生きているたった一瞬間の多様性のなかで、多様に回転している多様性。しかも、まだその瞬間は終わっていないのだ。ほら、このさまを見ることだ！

遠く遠く世界史は進んで行く、おまえの魂の世界史が。

二度とふたたび、二度とふたたび、おまえは都市へはもどらない。二度とふたたびおまえの上に、大きな鐘の鳴りひびくときはない。

バルザックのステッキの握りには、「あらゆる障害にわたしはうち克つ」とあった。わたしのステッキの握りには、「あらゆる障害がわたしにうち克つ」とある。共通なのは、その「あらゆる」だ。

告白、絶対的な告白、さっと開かれる門。家の内部に世界が、そのくもった反映が、いままでは外にあった世界が、現われて出る。

この世に恐怖と悲哀と寂寞《せきばく》とがあることは、彼にも分かってはいるのだが、しかしそれもただこれらのものが、表面だけをかすめる漠然とした一般的な感情であるかぎりでのことである。ほかのあらゆる感情を、彼は否定する。われわれが感情と呼ぶものは、ただたんに仮象であり、お伽話《とぎばなし》であり、経験と記憶との映像にすぎない、というのだ。

だって、そうだろう、と彼は言う。ほんとうの出来事というのは、われわれの感情が追いついたり、ましてや追い越したりすることのけっしてできないものだからだ。われわれがそれらを体験するというのも、ほんとうの出来事そのものは、根元的には理解のできない早さで通りすぎてゆくのであるから、その出来事の前かあとでであるにすぎない。要するに、夢のような、もっぱらわれわれにだけ限られた虚構なのだ。われわれは真夜中の静けさのなかに生きているのであり、われわれが東や西を向くことで、日の出と日没とを体験するのである。

乏しい生命力とまちがった教育と独身生活とは、懐疑論者を生む。しかし、絶対に、とはかぎらない。懐疑を救うために、多くの懐疑論者は、少なくとも観念的には結婚をし、そして信心ぶかくなる。

秋の夜、木立の下の、街の暗がりで。わたしがおまえにたずねても、おまえは答えない。おまえが答えてくれたなら、おまえの唇が開いて、死んだ目が生きかえり、わたしのためにときめられた言葉が、ひびいてくれたなら！

あるときわたしは足を折ったが、これがわたしの人生でのもっともすばらしい体験だった。

夢の神、偉大なイザハルは、鏡の前にすわっていた。背中は鏡の面にぴったりとつけ、頭はぐっとそらせて、深々と鏡のなかに沈めていた。と、そこへ薄明の神ヘルマナがやってきて、イザハルの胸のなかにもぐりこみ、やがてすっかりそのなかに姿を消してしまった。

懺悔《ざんげ》をすることになったとき、わたしには何も言うことがなかった。胸のなかの気づかいは、みんな消え去ってしまっていた。なかば開かれた教会のドアを通して、輝く太陽黒点のどんな震えもなく、楽しげに、静かに、広場が横たわっているのが見えた。わたしはごく最近の胸の悩みだけを思い出してみた。わたしはその悩みの悪い根にまで突き進もうとしたが、それができなかった。わたしはどんな悩みも思い出さず、悩みはまたわたしのなかで、どんな根も持ってはいなかった。聴罪僧の質問をわたしはほとんど理解しなかった。言葉が分からなかったわけではないのだが、どう骨を折ってみても、わたし自身との関係は少しも聞きとることができなかったのだ。いくつかの質問は、くり返して言ってくれるように頼んだのだが、それも役には立たなかった。その質問は、こちらが思いちがいをした見かけだけの知人のようなものにすぎなかった。

あくまで平静を保っていることだ。情熱の欲するものからは、遠く離れていることだ。流れを知って、そのゆえに水流にさからって泳ぎ、水に運ばれている愉しみから、水流にさからって泳ぐことだ。

何がおまえの心を乱すのか？　何がおまえの心の支えをゆるがすのか？　何がおまえのドアの把手《とって》をまさぐるのか？　何が通りからおまえを呼びながら、あいた門からはいって来ようとしないのか？　ああ、それこそまさに、おまえがその心を乱し、その心の支えをゆるがしている者であり、おまえがそのドアの把手をまさぐり、おまえが通りから呼びながら、そのあいた門には、はいって行こうとしない者なのである。

尖ったペンで彼を探せ。頭は力強く、しっかりと首にのせ、あたりを見まわしながら、ゆっくりとおまえの席から探すのだ。おまえは忠実な召使いだ。おまえの役目の限界内では、名望があり、おまえの役目の限界内では、主人でもある。おまえの脚はたくましく、胸は広くて、探索をはじめると、首はかるく傾《かし》げられる。はるか遠くからおまえの姿は見え、ちょうど村の教会の塔のようだ。おまえのところへ来ようとして、遠くから丘を越え、谷を渡り、幾人かが野道を歩いてくる。

これが、わたしが食べて栄える養分だ。それは、わたしの若い根から上がってくる、甘い樹液だ。

事のはじまりは、おまえが食べものの代わりに、彼がつかんでいるかぎり全部の短剣の束を、おまえの口につめこもうとして、彼をびっくりさせたことである。

木《こ》の葉の下にかくれるように、どんな意図の下にも病気がひそんでいる。おまえがそれを見ようとして身をかがめ、相手は見つけられたと感じると、その病気は、やせただんまりの悪意は、急に飛びあがり、おしつぶされるどころか、おまえによって妊《みごも》ろうとする。

それは委託である。わたしはわたしの性質上、だれからも託されなかった委託だけしか引き受けることができない。この矛盾のなかで、つまり、いつでも矛盾のなかでしか、わたしは生きられない。しかし、おそらくだれもみんなそうなのであろう。生きながら死んでゆき、死にながら生きてゆくのが人間の常だからだ。これはたとえば、次のようなものである。サーカスのまわりに幕が張られており、したがって幕の内側にいない者には、なにひとつ見えない。ところがしかし、だれかがこの幕に小さな穴を見つけると、外からも見ることができる。もっともこの場合その男に必要なのは、そこにいることをとがめられないでいる、ということである。われわれはみんな一瞬のあいだ、こうしてとがめられないでいる。もっとも——二番目のもっともだ——たいていそんな穴から見えるのは、立見席のお客の背中だけである。もっとも——三番目のもっともだ——音楽はとにかく聞こえるし、動物たちの吠える声も聞こえはする。と、最後に、びっくりして気も失いながら、警官の腕のなかに倒れることになるのだ。その警官というのは、職務上サーカスのまわりをまわって歩き、金も払わずに目を皿のようにしてそんな覗《のぞ》き見をしているのは、不法なことだと注意するために、ただかるく手でおまえの肩をたたいた者なのだが。

人間の持っているいろいろな力は、オーケストラのように考えられたものではない。むしろすべての楽器が、ひっきりなしに、全力をふるって、鳴らなければならないのだ。人間の耳のために作られたものではないし、演奏会のあいだはどの楽器も自己を主張することができるのだが、その演奏会の長さそのものがまた、われわれの勝手にはならないのである。

こんなふうに見えるときがある。おまえは果たすべき課題を持ち、それを遂行するために必要なだけの力を持っている（その力は多すぎもせず、少なすぎもしない。おまえはなるほど力を結集しなければならないが、かといってしかし、やたらに心配する必要はない）。時間はおまえに充分与えられているし、仕事をしようという意志もおまえは持っている。この巨大な課題をうまくなしとげるのに、障害となるものは、いったいどこにあるのだろう？　障害探しで時間を過ごしてはならない。もしかすると、障害などはぜんぜんないのだ。

わたしはかつて一度も、他人の存在やまなざしや判断がわたしに課した責任以外の責任の圧迫をうけたことはない。

難破した船の何かが、さわやかに美しく水に身を投じ、水にひたされて防御の力をうばわれることも幾年月《いくとしつき》、ついにはぼろぼろにくずれ去る。

なんともむずかしい課題。橋の役をしているもろい梁《はり》の上を、爪先き立ちで渡ること。足の下になにひとつなく、これから歩く地面を、これから足でかき集めて作ること。自分の下に見えている、水にうつった自分の姿以外には、なんにもないものの上を渡って歩くこと。両足で世界をまとめていながら、その労苦に耐えぬくことができるようにと、あげた両手はただ空中で、痙攣《けいれん》的にひきつらせていること。

寺院の外階段に、一人の司祭がひざまずいて、自分のところにやってくる信者たちの、ありとあらゆる願いと嘆きとを、祈りに変えている。いや、むしろ、祈りに変えはしないで、ただ自分に言われたことを、大声で何度でもくりかえす。たとえば一人の商人がやってきて、わたしは今日大損をしました、そのためにわたしの店は破産してしまいます、と嘆いて聞かせる。すると司祭はとなえる――彼は階段の一つの段にひざまずき、それより高い段には両手を平《たいら》について、祈りながら体をゆすぶるのだ――「Aは今日大損をしました、彼の店は破産してしまいます。Aは今日大損をしました、彼の店は破産してしまいます。Aは今日大損を……」

あらためて、曇った空を見あげてみたりはしないでも、あたりの風景の色あいからだけで、もう感じとれることがよくあるのだ――日の光はまださしてはいないが、でも暗い雲もゆるんで、立ち去る用意をしたふうなので、ただそれだけの理由でほかにはなんの証拠はなくても、もうすぐいたるところに、さんさんと日の光が輝くだろうということを。

人間の根本的な弱点は、人間が勝利をかちえることができないというような点ではなく、人間がその勝利を利用しつくすことができないという点にあるのだ。青年たちはいっさいのものにうちかつ。根元的な欺瞞にも、かくされた悪魔の奸計《かんけい》にも。しかし、その勝利をうけとめ、それに命を吹きこめる者は、ひとりもいない。というのも、そのときには青春もまた、すでに過ぎ去ってしまっているからだ。老人たちはもはやこの勝利に触れようともせず、新しい青年たちは、すぐにも開始される新しい攻撃に悩まされ、彼ら自身の勝利をかちえようとする。こうして、悪魔はたえずうち負かされはするのだが、けっして絶滅されはしないのである。

あるとき、有名な調教師ブルゾンの前に、一頭の虎が連れてこられた。うまく調教できるかどうか判断してほしいというのだ。大広間ほどの大きさの檻《おり》になった調教場——それは町から遠く離れた広い板囲いのなかにあった——に、虎を入れた小さな檻が運びこまれた。番人たちは遠ざかっていった。はじめて動物と顔を合わせるときは、ブルゾンはかならず一対一で差しになることを望んだのである。虎はじっと横たわっていた。腹いっぱいに餌を食べさせられたばかりだった。虎はちょっとあくびをして、新しい環境をものうげに眺め、すぐに眠りこんでしまった。

われわれの民族の古い歴史には、恐ろしい刑罰があったことが伝えられている。とはいってもそれは、なんら現在の刑法を弁護するための言葉ではない。

ある男が、皇帝は神の子孫であるということに疑いをもった。皇帝はまさしくわれわれの最高の君主である、と彼は主張し、皇帝が神から使命を授けられていることも疑わなかった。それは彼にとっては明々白々の事実だった。ただ皇帝が神の子孫であるということだけを、疑ったのである。もちろんそんなことを言ったところで、たいして問題にもされなかった。砕ける波が、水の一滴を岸辺に投げたところで、それは永遠の海の波のうねりをさまたげるものではなく、むしろそれ自身が、波のうねりから生じたものなのである。

何を手段にして皇帝の隊長がわれわれの山あいの町を統治しているか、これは言うのもはずかしいことである。わずかばかりの隊長の兵隊は、もしこちらがその気になれば、すぐにも武装解除されてしまうし、また隊長が救援を求めることができるとしたところで——こんなことはとてもできる相談ではないのだが——その救援隊が到着するのには、何日も、いや、何週間もかかってしまうだろう。だから隊長は、われわれの服従だけを頼りにしているのだ。しかし彼はその服従を、暴虐な行動によって無理強いしているわけでもなければ、情愛のこもった甘言で釣っているわけでもない。ではなぜわれわれは、憎みながらも彼の支配に甘んじているのであろうか？　まさに疑いもなく、ただ彼のまなざしのせいなのである。彼の仕事部屋——その仕事部屋は百年前にはわれわれの長老たちの会議室だったのである——にはいってゆくと、彼は軍服を着て書物机につき、ペンを手にして坐っている。

形式ばったことや、喜劇じみたそぶりを彼は好まない。だから、人が部屋にはいってきたのにそのまま字を書きつづけて、待たせたりするようなことはしない。すぐに仕事を中断して、椅子の背によりかかる。もっとも、ペンは手にしたままだ。さて、彼は椅子の背にもたれたまま、左手はズボンのポケットに入れて、来訪者の顔をじっと見つめる。請願に来た者は、隊長が自分の顔だけでなく、なにかそれ以上のものを見ているような印象をうける。自分はちょっとのあいだだけ、大勢の人間のなかから浮かびあがってきた見知らぬ男なのだ。いったいなぜ隊長が、こうもまじまじと黙りこくって長いこと、そんな男の顔を見つめるわけがあるだろうか、と思うのである。また実際それは、一人の個人に向けることのできるような、するどくて、さぐるようで、貫くようなまなざしではない。なおざりでさまようようでいながら、それでいて絶えることのないまなざし、遠くにいる群集の動きを、観察でもしているようなまなざしなのだ。そして、この長いまなざしが、皮肉とも、夢みる追憶ともつかないとりとめのない微笑に、たえずともなわれているのである。

それは平凡な日だった。その平凡な日が、わたしに歯をむいて見せたのだ。わたしもその歯につかまえられており、身をふりもぎることができなかった。歯がどうやってわたしをつかまえているのか、分からなかった。なぜといって、その歯は、嚙み合わされてはいなかったからである。二列の歯並びが見えていたわけでもなく、ただここに二、三本、あそこに二、三本あるだけだった。わたしはそれらの歯にしっかりとつかまって、その上を飛び越そうとしてみたが、それがうまくいかなかった。

おまえは来るのが遅すぎた。たったいま彼はここにいたのだ。秋には彼は、長いこと一つ場所にはとどまっていられない。暗い際限のない野原に惹かれて、出てゆく。彼には烏《からす》のようなところがあるのだ。彼に会いたかったら、野原に飛んでゆくがいい。きっと、そこにいるにちがいない。

もっと下へ降りてゆけ、とおまえは言うが、もうわたしは、ずいぶん深いところにいるのだ。でも、それが必要なのなら、わたしはここにそのままとどまっていよう。なんという場所なのだ！きっとこれはもういちばん深いところなのだ。だが、わたしはここにいることにしよう。ただどうか、もっと降りてゆくようにとは、強いないでくれ。

わたしはその姿に対して、なんの防御力もなかった。その姿は、落ちつきはらって机のところにすわり、机の面《おもて》をながめていた。わたしは輪をえがいてそのまわりを歩き、その姿に首をしめられるのを感じた。わたしのまわりを第三の男がまわって歩き、わたしに首をしめられるのを感じていた。第三の男のまわりを第四の男がまわって歩き、第三の男に首をしめられるのを感じていた。こうしてどこまでもどこまでも続いてゆき、最後には星たちの運行となり、なおそれまでも越えていった。だれもかも、なにもかもが、首をつかまえられているのを感じていた。

それはどこの土地のことなのだろう？　わたしはその土地を知らない。そこではいっさいのものが調和しあい、いっさいのものがやわらかにとけあっている。わたしは、その土地がどこかにあるのを知っているし、目にさえ見ている。がしかし、どこにあるのかは知らず、そこに近づくことができない。

ほんの一言だけ。ほんのひとつの願いだけ。ほんのちょっとした空気の動きだけ。おまえがまだ生きていて待っているという、ほんのただ一つの証明だけ。いや、願いではない、ただの呼吸《いき》だけ。呼吸《いき》でもない、ただ気持の用意だけ。気持の用意でもない、ただの考えだけ。考えでもない、ただ安らかな眠りだけ。

古い告解席で。彼がどんなふうになぐさめるか、わたしには分かっている。彼が何を告白するか、わたしには分かっている。ささやかな事柄だ、片すみの闇取引だ。朝から晩までつづく毎日の騒音だ。

わたしはわたしの持ち物をさがし集めた。ほんのわずかなものではあったが、それは輪郭のはっきりした固形の、すぐにだれでも納得させることのできる物だった。六個か七個のものだった。六個か七個というのは、そのうち六個は明らかにわたしだけのものだが、七個目のものは一人の友だちのものでもあったからだ。ところがこの友だちはもう何年も前にわれわれの町を去って、それ以来行方不明になっていたのである。だからまあ、この七個目のものもわたしのものだ、と言えるのだった。

これらの物は大いに珍らしいものなのではあったが、たいした価値はないものだった。

嘆きは無意味（だれに彼は嘆いて聞かせるのか?）、歓呼はこっけい（窓の万華鏡）だ。きっと彼は祈りの先唱者になろうとしているのだろうが、それにはユダヤ語はお品がない。それなら、彼が一生涯、「わたしは犬、わたしは犬、わたしは……」とくりかえしていれば、それで嘆きにはもう充分だ。それだけでわれわれはみんな、彼の言うことを理解するだろう。だが幸福のためには、沈黙で充分なばかりでなく、沈黙こそがただ一つの可能な道なのだ。

「これは荒れた石壁ではない。これは壁になるように圧縮された、甘美このうえもない人生なのだ。乾ぶどうの房がびっしりなのだ。」

「信じられない。」

「食べてみるがいい。」

「信じられないので、手があがらない。」

「ぶどうの房をおまえの口に入れてやろう。」

「信じられないので、味わえない。」

「なら、くたばってしまえ！」

「この壁の荒廃のために、くたばるほかはないと、さっきわたしは言わなかったかね？」

わたしは他の人たちとおなじように、泳ぐことができる。ただわたしは他の人たちよりも記憶力がいい。でわたしは、むかし泳げなかったということを、忘れることができない。だがわたしがそれを忘れないがために、泳げるということがわたしにはなんの役にも立たず、やっぱりわたしは泳げない。

それは大きな尻尾《しっぽ》のある動物である。何メートルという長さの、狐《きつね》のような尻尾だ。一度その尻尾を手でつかんでみたいと思うのだが、それができない。この動物は始終動いていて、尻尾も始終あちこち振っているからだ。この動物はカンガルーに似ているが、ほとんど人間の顔のように平《たいら》で小さな瓜《うり》ざね顔には、目だった特徴はなにもない。ただその歯は、表現の力を持っている。かくしていようとむき出していようと、いずれにしてもである。よくわたしには、この動物がわたしを調教しようとしているような気がすることがある。もしそうでなければ、わたしが尻尾をつかまえようとすると、つかまえられないようについと逃げ、またじっと待って、またまたわたしにその気を起こさせ、またあらためて跳びのいたりするというのは、いったい何のためなのであろうか。

くりかえしくりかえしわたしは道に迷ってしまう。それは森の小道である。がしかし、はっきりそれと分かる道であり、ただその道の上にだけ、空への一条の視界が開けている。そのほかはいたるところびっしりと木の繁った暗い森なのだ。だというのに、たえず絶望的に道に迷ってしまう。しかもそればかりではない。一歩道から踏み出すと、もうすぐに千歩も森のなかに踏み込んでいる――そのまま倒れて、もう永久に横たわったままでいたいほど、たった一人見捨てられて。

「たえず死のことを口にしながら、それでいておまえは死なないじゃあないか。」

「いや、それでもわたしは死ぬだろう。わたしはいま、わたしの終焉《しゅうえん》の歌を口にしているところなのだ。ある者の歌は長いし、ある者の歌は短い。だがしかし、その違いはいつもわずかに、二つか三つの言葉だけなのだ。」

見張り人だと！　見張り人だと！　何をおまえは見張っているのだ？　だれがおまえをやとったのだ？　ただひとつ、おまえ自身に対する嫌悪の分だけ、古い石の下に横たわり、見張りをしているあの石壁のわらじ虫より、おまえのほうが豊かなのだ。

おまえの言うことを、なんとかあの石壁のわらじ虫に、分からせるようにしてみることだ。わらじ虫の仕事の目的が、いったい何なのかという質問を、わらじ虫にしてみることができれば、おまえはわらじ虫の一族を、もう根絶やしにしてしまっているのだ。

人生は、何からそれが人の気をそらすのか、それについて考えることもできないようにさせている、ひっきりなしの気のそらしである。

もっとも保守的な者でさえ、死ぬという過激な考えを口に出すとは！

多くの禁欲者たちは、もっとも欲深な者たちである。彼らは人生のあらゆる領域でハンガーストライキをやり、それによって同時に、つぎのようなことを達成しようとしているのだ。

一　ある声にはこう言わせる。「充分だ、おまえは充分に断食をした。もうこれでおまえも他の人とおなじように食事をしてよろしい。それは食事としては数えないことにしよう。」

二　そのおなじ声に、同時にこう言わせる。「いままでおまえはずいぶん長いあいだ、強制を受けて断食をした。いまからおまえは、喜びながら断食することになろう。それは食事よりも、もっとおいしいだろう（しかし同時におまえは、ほんとうに食事をすることにもなるのだ）。」

三　そのおなじ声に、同時にこう言わせる。「おまえはこの世を征服した。わたしはこの世と食事と断食から、おまえを解放する（しかし同時におまえは、断食もし、食事もすることになるのだ）。」

かてて加えて、もう以前から彼らに語りかけている絶えざる一つの声が、聞こえてくる。「おまえは完全に断食しているわけではないが、そうしようという善良な意志は持っている。その意志だけで充分なのだ。」

おまえは、それが理解できない、と言う。それを病気と呼ぶことで、理解するようにしてみるがいい。それは、精神分析学が発見したと思い込んでいるたくさんの病気の現われの一つなのだ。わたしはそれを病気とは呼ばないし、精神分析学の治療面には、どうにもならない見当違いがあると思っている。これらのいわゆる病気と呼ばれているものは、どんなにその病気が痛ましく見えようとも、信仰上の事実なのである。つまり窮境にある人間が、なんらかの母なる大地に、錨《いかり》をおろす碇泊《ていはく》なのである。だから精神分析学もいろいろな宗教の根源として、各個人の「病気」のもととなっているもの以外は、なにひとつ見いだしていないのだ。もっとも、今日では宗教的な共同社会というものが欠けている。宗派が無数にあるし、たいていが個々の人たちに限られているのだ。しかし、これもただ現在にとらわれた眼に、そう見えるだけなのかもしれない。しかし、実際の大地に錨をおろすこうした碇泊は、まさか人間の個々の所有物などではなく、人間の本質のなかにあらかじめ形づくられているものであり、また、あとからでも人間の本質を（それに人間の体をも）、さらにこの方向で形成しなおしていくものなのである。にもかかわらず、それを癒《い》やそうとでも言うのだろうか？

わたしの場合には三つの円を考えることができる。いちばん内側の円がA、つぎがB、そのつぎがCである。中心にあるAはBに対して、なぜこの人間が自らを苦しめ、自らに不信の念を持たざるをえないか、なぜこの人間があきらめざるをえず、また生きることを許されないのか、ということを説明して聞かせる。(たとえばディオゲネスなどは、こうした意味で重病ではなかったのだろうか？われわれのうちのだれが、アレキサンダーの光り輝くまなざしを受けて、有頂天にならないでいられよう？ところがディオゲネスは、やけになって、日の光の邪魔をしないでほしい、と彼に頼んだ。この樽《たる》は、化けものでいっぱいだったのだ。)Cは行動する人間で、このCにはもう説明をするということがない。ただひどい調子でBが命令するだけだ。Cは非常にきびしい圧迫を受けながら行動するが、それは理解してというよりは、むしろ恐れをいだいてのことである。Cは信頼している。AがBに対してすべてを説明し、Bはそのすべてを理解したもの、とCは思っているのだ。


「おまえはこの泉の深みから、一度も水を汲まない。」

「どんな水？　どんな泉？」

「聞くのは、いったいだれだ？」

静寂。

「どんな静寂？」

わたしの憧れは過ぎた時代だった
わたしの憧れは現在だった
わたしの憧れは未来だった
そして、それら全部といっしょに、わたしは
道ばたの番小屋で死ぬ
立っている棺《ひつぎ》のなか、昔ながらの
国有物件のなかで。
わたしが生涯やってきたのは、その生涯を
ぶちこわさないようにと、自制することだった。

わたしが生涯やってきたのは、生涯をお終いにしたいという気に、抵抗することだった。

おまえは頭で壁を突きやぶらなければならない。壁を突きやぶるのは、むずかしいことではない。その壁は紙でできているからだ。だがむずかしいのは、惑《まど》わされないですむということで、それはなぜかというと、もうその紙の上には、ひどく人の気を惑わすように、おまえがその壁を突きやぶる様子が、描き出されているからなのだ。それを見るとおまえは、ついこう言いたくなってしまう。「おれは居ながらにして、壁を突きやぶるのではなかろうか？」と。

わたしは戦っている。だれもそれは知らない。うすうすそれを感じている人はいる。これは避けられないことだ。しかし、だれもはっきりそうとは知らないでいる。わたしは毎日の自分の義務を果たしている。少しぼんやりしている、と非難されても仕方がないところがあるが、しかしこれもそうたくさんではない。もちろんだれでも戦うことは戦っている。しかしわたしは、他の人たちよりよけいに戦っている。たいていの者は、戦うといっても、眠りのなかで戦っているようなものなのだ。ちょうど夢のなかで、なにかの幻影を追いはらうために、手を動かすようなものである。ところがわたしは、前に進みでて、よくよく考え念には念を入れながら、わたしのありとあらゆる力を使いつくして、戦っているのだ。なぜわたしは、本来は騒々しいけれども、この点では気味の悪くなるほど静かな群集のなかから、前に進みでてしまったのだろう？　なぜわたしは、人の注意を自分にひいてしまったのだろう？　なぜわたしはいま、敵のリストの最初に、名前がのっているのだろう？　わたしには分からない。そのほかの生活は、生きる値打がないように思われたのだ。戦史はこういう人間たちを、生まれながらの兵士、と呼んでいる。だがしかし、実はそうではないのだ。わたしは勝利に望みをかけているのでもなく、戦いを戦いとして楽しんでいるのでもない。わたしは戦いを、なしうるたった一つのこととしてだけ、楽しんでいるのだ。もっとも、そういうものとしての戦いは、わたしが現実に享受できる以上の楽しみであり、わたしがプレゼントできる以上の楽しみである。もしかすると、わたしは戦いのためにではなく、この楽しみのために、破滅することになるだろう。

それは、よその人々でありながら、しかも、わたし自身の部下たちなのだ。自由の身にされて彼らは、自由の身にされた者の無意識状態のまま、少しばかり酔ったようにしゃべっている。彼らには、再認識をするための時間などは一瞬もないのだ。彼らはおたがいに、いっぱしの主人どうしのように話をしている。だれもが、もともと相手には自由があるもの、独立して事を処置する権利があるもの、としているのだ。しかし結局のところ、彼らはぜんぜん変わりはしなかった。意見はもとのままだし、態度や目つきもそのままだ。なるほどなにかしらが変わってはいるが、わたしにはその違いがつかめない。自由の身にされた、とわたしが言ったのは、ただ、苦しまぎれになんとか説明しようとしたまでなのだ。なぜまた彼らが、自由の身と感ずべき理由があるだろうか？　階級や従属関係はみんなそのまま保たれているし、各個人と全員との間の緊張も、無傷のままだ。だれもが自分の持ち場にいて、自分の分として与えられる戦いに、用意万端おさおさ怠りなく、人が何を彼にたずねようが、ただもう戦いのことしか、話して聞かせないほどなのである。では、どこに違いがあるのだろうか。わたしは犬のように鼻をくんくんさせながら、彼らのまわりを嗅ぎまわるのだが、それでもその違いを見つけることができないのだ。

日が暮れて家に帰ろうとしたとき、農夫たちは、下の道路の土手に、一人の老人がくずおれて倒れているのを見つけた。老人は、目を半分あけて、夢うつつの様子だった。はじめは、ひどく酔っぱらっているように見えたが、酔ってはいなかった。病気のようにも見えないし、空腹のせいで弱っているようでもない。かといって、傷があって疲れているようでもない。少なくとも、こうした質問に対しては、みんな首を振って見せるのだった。

「いったいあんたはだれなんだね？」と、最後に農夫たちが老人に聞いた。「わしはえらい将軍じゃ」と老人が、目をあげもせずに言った。「ああ、そうか。じゃあそれがあんたの病気というわけだ」と農夫たちが言った。「いや、ちがう。わしはほんとにえらい将軍なんだ。」「ちがうもんかね。あんたが将軍だなんて、てっきりそれにちがいはないさ。」「どうとも思って、笑うがいい。おまえたちを罰しはせんよ」と老人が言った。「だがわしらは、笑っちゃいませんよ。なんでも好きなものでいなさいな。よかったら大将でもね」と農夫たちが言った。「そのとおりなんじゃよ。わしは大将なのだ」と老人。「そら、見なさいな、わしらの言ったとおりでしょうが。でも、そんなことはどうでもいい、わしらはただ、あんたに注意してあげようと思ったまでですさあ。夜は冷えこみがひどいから、あんたはここにいるわけにはいきませんぜ。」「わしはここを去るわけにはいかん。どこに行ったらいいものか、それも分からんしな。」「どうして歩いて行けないんですかね？」「歩けんのじゃ。なぜかは分からん。もしわしが歩けたら、またたちどころに、わしの軍勢のただなかに立つ将軍なんじゃが。」「連中があんたをおっぽりだしたんでしょうかね？」「なに、将軍をだと？　とんでもない、わしがころげ落ちたんじゃ。」「どこからですかね？」「天からじゃ。」「あの上のほうからですかい？」「そうじゃ。」「あの上のほうに、あんたの軍勢がいるんですかい？」「いや、ちがう。だがおまえら、やたらにものを聞く奴らだな。とっとと失せて、わしを一人にしてくれ。」

頭を彼は横にかしげた。それでむき出しになった首には、傷がある、燃える血と肉に沸き立ちながら、いまなおつづく稲妻にうたれた傷が。

ベッドのなかで、ひざを少しあげ、ふとんの折り目に横たわっている。公共建築のおもて階段の横にある、石の像のように巨《おお》きくて、にぎやかに行きすぎる群衆のさなかにいながら、じっと動かない。しかもなおその群衆と、遠いせいでとらえることもできないような、遠い関係を保っている。

生の輪がどんなに大きいかということは、一面では人類が、過去をふりかえって見られるかぎり、おしゃべりに満ちあふれており、他面ではそのおしゃべりが、ただ人が嘘をつこうとするときにだけ可能である、という事実から見てとれる。

告白と嘘とは、おなじものである。告白できるためには、嘘をつかなければならない。人がそれであるところのものを、人は表現することができない。なぜなら、人はまさに、人がそれであるところのものであるからである。伝達できるのは、人がそれでないところのものだけであり、つまりは嘘だけである。コーラスのうちでなら、ある種の真理は存在しているかもしれない。

おまえが鉱山の坑内で、土砂のために生き埋めになり、大きな岩石のかたまりが、弱い個人であるおまえを、この世とこの世の光から隔てている、というのではない。逆におまえは外にいて、生き埋めになった者のところへ、進もうとしているのだが、そのごろごろした石に対して、おまえは無力でなすすべを知らず、この世とこの世の光とが、ますますおまえを無力にしてしまうのだ。しかもおまえが救おうとしている男は、いまにも窒息しかねないから、おまえは気違いのようになって働かなければならず、またその男は、けっして窒息してはしまわないだろうから、おまえは永久に、その仕事をやめるわけにいかないのだ。

それはいくつかの柱でささえられた屋根の下、小高いテラスでの小さな集まりだった。階段を三段おりれば、庭に出られた。満月で、あたたかい六月の夜だった。みんなひどく陽気で、なんにでも笑い声をたてた。遠くで犬が吠えても、わたしたちは笑った。

わたしはがんじょうな金槌《かなづち》を持っている。だがそれを使うことができない。柄がまっ赤に焼けているからだ。

たくさんの人々が、シナイ山のまわりを忍び歩きしている。彼らの話ははっきり聞きとれない。やたらにおしゃべりであるか、それとも叫ぶように話すか、それとも黙りこくっているかなのだ。しかし、彼らのうちだれひとり、まっすぐに山を下って、幅のひろい新しくできた平《たいら》な道路に出る者はいない。この道路ならば、大股に速く歩いていけるのに。

祈りの形式としての書くこと。

チューラウ（西北ボヘミアの小村、妹オトラがいたため、一九一七、一八年におけるカフカの療養滞在地となった）とプラハとの違い。あのころわたしは充分に戦わなかったろうか？

彼は充分に戦わなかったろうか？　仕事をはじめたとき、彼はもう破滅していた。それは彼にも分かっていた。彼はかくさず自分に言ってきかせた、仕事をするのをやめれば、もうおれは破滅だ、と。では、仕事をはじめたのは、誤りだったろうか？　いや、そうではあるまい。

彼は一つの彫像を作りあげたと思っていた。しかし、彼はただ絶えずおなじ刻み目にノミを打ちこんでいただけだった。頑迷さからしたことだったが、それよりもなお、どうにも救いようのなさからしたことだった。

精神の砂漠。おまえの来しかた行く末の日々という、いくつもの隊商の死骸《むくろ》。

なにもない。映像だけだ。他にはなにひとつない。完全な忘却だ。

これは書割りのあいだの人生だ。明るければ、戸外の朝だ。と思うまに暗くなり、もう夜だ。なにも複雑なごまかしではない。だが舞台にいる以上は、これに合わせなければならない。ただ、力があれば、脱出することは許されている。背影に向かってだ。幕を切りさき、空の描かれたぼろ切れのあいだを通りぬけ、二、三のがらくたを飛び越えて、ほんとうの狭い暗いしめった小路に逃げ出すのだ。これも劇場のそばなので、まだあいかわらず劇場通りとは呼ばれているが、しかしこれは実物だし、真実のもつありとあらゆる深みをそなえているのだ。

「こんなまがった木の根っこで、おまえは笛を吹こうというのかね?」

「そんなつもりではなかったのだが、ただおまえが期待しているから、そうするつもりなのだ。」

「わたしが期待しているって?」

「そうだ。わたしの手を見ておまえはそう思ったのだ、どんな木ぼっくりも抵抗できずに、わたしの意志どおりに音を出すだろう、と。」

「おまえの言うとおりだ。」

中間の流れのところに、一匹の魚が泳いで、不安げに喜ばしげに、下のほうを眺めれば、そこには深い泥のなかに、小さなうごめきがあり、それから不安げに喜ばしげに、上のほうを眺めれば、そこには高い水の流れのなかに、大きく身がまえる気配がはしる。

おまえがたえず前に駆けてゆくならば、両手をよこにひれのように出し、なまぬるい空気のなかを、ぱちゃぱちゃやってゆくならば、大急ぎの夢現《ゆめうつつ》のなかで、自分がそのそばを通りすぎてゆくすべてのものを、ちらりちらりと見てゆくならば、いつかおまえは一台の車をさえも、おまえのかたわらに走らせることになろう。しかし、おまえがじっとその場にとどまり、まなざしの力で根を深く広く成長させるならば——何ものもおまえを取り除くことはできないが、それはしかし根などではなくて、ただただおまえの目標を狙うまなざしの力なのだ——、おまえは変わることのない暗い遠方をも、見ることになるだろう。その遠方から現われて出るものは、これはやはり一台の車であるほかはなく、それは走り近づき、刻一刻と大きくなり、おまえのかたわらに到着する瞬間に、この世をみたすものとなる。そしておまえは、その車のなかに沈みこみ、旅行車のクッションにうずもれる子供さながら、そして車は、嵐と夜をついて走ってゆく。

馬に乗った者が一人、森の道を進んでいた。彼の前には、犬が一匹走っていた。彼のうしろからは、鵞鳥《がちょう》が数羽歩いてきた。小さな女の子が、うしろから笞《むち》で、その鵞鳥を追っている。先頭にいる犬から、うしろにいる女の子まで、みんなできるだけ急いで進もうとしているのだが、どうしてもそう速くは進めない。ついつい他のものと、歩調が合ってしまうのだ。ところでまた、両側の森の木たちもいっしょに走っていたが、これは年を経た老木たちで、なんとなくいやいやそうで疲れた様子だった。女の子のうしろに若い運動選手が追いついた。水泳の選手だ。力いっぱいに水をかいて泳いでいる。頭を深く水につっこんでいるが、これは彼のまわりで水が波を立てているからだ。そして、彼が泳ぐにつれて、水もいっしょに流れている。つぎにやってくるのは、机を納めに行く指物師だ。男はその机を背中に背負って、両手でしっかりと、二本の机の脚をつかまえている。そのあとにつづくのが皇帝の急使だ。彼はこの森のなかで、おおぜいの人間に出あい、困りきっている。しょっちゅう首をのばしては、前のほうの様子はどうか、なぜみんなが、こんなにいやらしくのろのろ進んでいるのか、それを見きわめようとする。だが、がまんするほかはない。前にいる指物師は追いこせるだろうが、水泳選手をとりかこんでいる水は、どうやって通りぬけることができよう。急使のうしろには奇妙なことに、皇帝自身がやってきた。まだ年の若い男で、ブロンドのとんがりひげをはやし、きゃしゃだが丸みをおびたその顔は、いかにも人生を楽しんでいる風情だ。ここに、大きな帝国の欠陥が、はっきりとあらわれた。皇帝は自分の急使の顔を知らず、急使は自分の皇帝の顔を知らなかったのだ。皇帝はちょっとした気慰みの散歩に出てきたのだが、彼の急使より進み方がのろいわけではなかった。それなら、自分で手紙を届けに行っても、よかったはずなのである。

人間は大きな沼の水面のようなものである。感激が彼をとらえると、その全体の画像は、ちょうどこの沼の片隅のどこかで、小さな蛙《かえる》がみどりの水のなかに、ぽちゃんと飛びこんだようなものである。

だれか一人でも、真理の前で一言《ひとこと》口をつぐみ、遅れをとるものがいてくれればいいのに、だれもが(わたしもこの箴言《しんげん》で)百の言葉で、真理を追いぬいてしまうのだ。

月の光のなかで森が息づくうちに、やがてその森はちぢまって、小さく圧しつけられ、木々がたかだかとそびえ立つ。と見るまに森は四方にひろがって、斜面という斜面をすべり落ち、低い灌木の林になる。いや、もっとわずかなもの、かすんだ遠い影となる。

馬がつまずき、前脚からくずおれた。乗っていた男は、投げ出された。それぞれどこか別の木蔭で寝そべっていた二人の男が出てきて、落馬した男をじっと見つめた。なにもかもが、どちらの男にとっても、なんだかうさん臭かった。日の光も、いまはまた立ちあがっている馬も、乗っていた男も、事故にさそわれて、突然現われて出た目の前の男もだ。二人はゆっくりと近づきあった。唇を気むずかしげにそりかえし、前のあいたシャツのなかに手を入れていたのを、いまその手で決心がつきかねるように、胸と首のあたりをさするのだった。

それは数ある都会のなかでの一つの都会である。その過去はその現在よりも偉大であった。がしかし、その現在といえども、まだ充分に威信あるものである。

「そんなことをしてもみんな無駄じゃないか」と彼は言った。「おまえはわたしがだれであるかも知らない。それなのにわたしはおまえの前に、胸と胸とをつき合わせて立っている。わたしがおまえの前に立っており、おまえはわたしがだれであるかさえも知らないというのに、どうやっておまえは先へ進もうというのだ。」

「おまえの言うとおりだ」とわたしは言った。「そのとおりのことをわたしもわたしに言ったんだ。ところがなんの返事もないものだから、そのままここにいるわけなんだ。」

「わたしもそうなのだ」と彼が言った。

「わたしもちっとも変わりはないのさ」とわたしは言った。「だから、みんな無駄だというのは、おまえにもあてはまるんだ。」

わたしは沼地の森のただなかに、歩哨を立てた。ところがしかし、あたりにはまるで人影がなく、いくら呼んでもなんの答えもなかった。歩哨は迷子になってしまったのだ。わたしは新しい歩哨を立てなければならなかった。わたしはその男の生き生きとした骨太の顔を見つめた。「前の歩哨は迷子になった」とわたしは言った。「なぜかは分からんが、この淋《さび》しい荒地は歩哨を持ち場から誘いだすようだ。気をつけるんだぞ」歩哨はわたしの前で直立不動をしていた。閲兵式の姿勢だ。わたしはつけ加えて言った。「それでもおまえが誘い出されてしまうのなら、いいか、損をするのはおまえだけなんだぞ。おまえは沼に沈みこんでしまう。だがわたしのほうは、すぐに新しい歩哨を立てて、そいつがまた不心得を起こしたら、また新しい別の歩哨を立て、際限もなくそれをつづけるだけだ。こちらは得はしないまでも、損もするわけじゃあないんだからな。」

彼は窓から外を眺めた。陰鬱な日だ。十一月である。どんな月もなにか特別の意味をもっているが、十一月にはなおそのうえ、特別な特別さがつけ加わっているように、彼には思える。もっとも、いまのところはそんな気配も見えない。ただ雪まじりの雨が降っているだけだ。しかしこれはもしかすると、いつも人目を欺く外見だけのことなのかもしれない。というのも、人間は全体としてすぐにすべてのものに順応するのだが、人はまずもって人間の外見で判断をするため、本来から言えば人はこの世の状況の変化を、けっして認めることができないはずなのだ。だがしかし、人は自らもまた一人の人間であり、自分の順応能力を知り、その能力から判断するものであるから、やはりいくらかのことは知り得るものであるし、窓の下の人通りがとだえてしまわずに、行ったり来たりで、不機嫌な、倦《う》むことを知らない、見とおしのきかない立《た》ち優《まさ》りかたを見せながら、そのまま続いていることを、どう評価すべきかも分かっているのである。

何をおまえは作っているのだ？——わたしは道を掘ろうとしているのだ。進歩が必要なのだ。わたしの立場が高すぎるのだ。

わたしたちはバビロンの竪坑《たてあな》を掘る。

彼があとに残したのは、ただ三本のジグザグの線だけだった。なんとその仕事に没頭していたことだろう。ところが事実は、まあなんとまるで没頭していなかったことだろう。

一本の藁《わら》だと？　いや、多くの人は一本の鉛筆の線にすがって、溺れるのをまぬがれている。ほんとうにまぬがれているのだろうか？　溺れた者として、救いを夢みているのだ。

死は彼を生から助けおろしてやらなければならなかった。ちょうど不具者を、車椅子から助けおろしてやるように。車椅子の不具者と同じように、彼はしっかりと重く、生にすわりこんでいたのである。

死を覚悟した人々は、床に横たわったり、家具にもたれかかったり、歯をガチガチならせたり、その場から動くことなく、壁をさすったりしていた。

書くことができなくなった。それで、自伝的な調査をする計画だ。伝記そのものを書くのではなく、できるだけ小さな構成要素を、調べて見つけだそうというのである。そのうえでわたしは、わたし自身をうち建てようとしているのだが、これは自分の家があぶなげになってきたので、その隣にあぶなげのない家を建てよう、しかも場合によってはもとの家の古材を使って、というのと同じである。ただまずいのは、建築の中途で力が尽きてしまい、あぶなげではあるけれども、完全だという一軒の家の代わりに、半壊の家と半出来の家とを持ってしまうこと、つまりなんにもなくなってしまうことである。その結果は気が狂うほかはない。つまりは、二軒の家のあいだでコサック・ダンスでもやることになるわけだが、そのコサックは、踊りながら長靴の踵《かかと》で、いつまでも大地をひっかき掘りくりかえして、ついには自分の下に、自分の墓穴を作るという寸法である。

わたしはもう戻らなくてもいいのだ。独房は爆破された。わたしは動き、わたしの体を感じる。

わたしはわたしの馬を、厩《うまや》から引き出してくるように命令した。下僕にはわたしの言ったことが通じなかった。わたしは自分で厩に出かけて行き、鞍をおいてまたがった。遠くのほうでラッパの鳴るのが聞こえた。わたしは下僕に、あれはなんの合図だ、とたずねた。下僕はなにも知らなかった。なにも聞こえてなかったのだ。門のところで、彼はわたしをひきとめて、たずねた。「どちらへおいでです、ご主人？」「分からん」とわたしは言って、「ただここから去るんだ、ここを去るまでだ。たえずここから去ってゆく、そうしてはじめて、わたしの目あてに到達できるんだ。」「ではお目あてのところをご存じで？」と彼は聞いた。「もちろんだ」とわたしは言って、「もう言ったじゃないか、ここから去ること、それがわたしの目あてだと。」「食糧の用意もなしで」と彼は言った。「そんなものはいらん」とわたしは言った。「途中でなんにも手にはいらなければ、飢え死が必定なほどこの旅は長いんだ。食糧の用意などしたところで、命が救われるはずもない。幸いなことに、これはほんとにとてつもなくでっかい旅なのだ。」

わたしは息せききってかけつけた。棒が一本少しななめに地面に打ちこんであり、それに「迫《せ》り込《こ》み」と書いた板が張ってある。ここがそうらしいぞ、とわたしはつぶやいて、あたりを見まわした。わずか四、五歩のところに、すっかり緑でおおわれた目立たぬあずまやがあり、そこからかるい皿の音が聞こえてきた。歩みよって低い開口部から頭をつっこんでみたが、なかは暗くてほとんど何も見えない。それでも挨拶をして聞いてみた。「どなたが迫《せ》り込《こ》みをやってくださるのか、ご存じないでしょうか？」「このわたしですよ、お客さま」と愛想のいい声がして、「すぐまいります。」そのうちだんだんに目が慣れてみると、そこは小人数の集まりで、一組の若夫婦、額《ひたい》が机のふちにまでとどかない小さな三人の子供、それに、まだ母親の腕に抱かれている乳飲児だった。あずまやの奥にすわっていた男は、すぐに立ち上がって、なんとか出てこようとしたが、妻君はやさしい調子で、まず食事を終えてください、と頼むのだった。男のほうはしかしわたしをさし示して見せた。すると妻君はまた、この方《かた》もきっと少しはお待ちくだされるでしょう、ごいっしょに、貧しいお昼ごはんを召しあがっていただくわけにはいかないでしょうか、と言うのだった。とうとうわたしも、ここで一家の日曜日の楽しみを、こんないやな調子で妨害している自分に腹を立て、こう言わざるをえなかった。「どうも奥さん、せっかくのご招待ですが、残念ながらお受けできないんです。といいますのもわたしは、いますぐにも、ええ、ほんとうにいまこの場ですぐにも、迫《せ》り込《こ》んでもらわなくちゃあならないんです。」「ああ」と妻君は嘆いて、「日曜日もお昼ごはんどきだというのに。みんなほんとに気分本位だわ。いつまでたっても奴隷の生活なんだわ。」「そんなふうにかみつかないでくださいよ」とわたしは言って、「わたしはなにも気まぐれで、ご主人にたのんでいるんじゃないんです。それにやる方法さえ分かっていれば、とっくに自分ひとりでやっちまったところなんですよ。」「女房の言うことには、とりあわんでください」と男が言った。彼はもうこちらへ来てわたしをひっぱって行こうとしていた。「女どもにはまともなことなんて分かりませんよ。」

独房の壁との戦い。

引き分け。

昔、がまん遊びというのがあった。安いかんたんな遊び道具で、懐中時計より少し大きいくらい、なんら驚くような仕かけのあるものではなかった。赤茶色に塗った板に、何本かの青い迷路がきざみこまれており、それが一つの小さな穴に通じている。道と同じように青い色をした玉を、傾けたり振ったりして、まず最初にどれか道の一つに入れこみ、それから穴におとしこむのだ。球が穴に落ちれば、それでこの遊びはおしまいである。新たにはじめようとするなら、振って球をまた穴から出さなければならない。全体はふくらみのある強いガラスでおおわれていたから、このがまん遊びはポケットに入れて持って歩けたし、どこにいようが取り出して遊ぶことができた。

玉は用事がなければ、両手を背中にまわして、たいてい高原をぶらぶら歩いていた。道は避けていた。遊びのあいだは、充分道に苦しめられるのだから、遊びのないあいだは、広い野原で休養していても、しごく当然のことだ、というのが玉の意見だった。ときおり玉は習慣どおりに、ふくらんだガラスの丸天井を見あげるが、しかしそれも、かくべつなにかを目にとめようとする意図があってのことではなかった。玉は横幅の広い歩きぶりで、自分はせまい道を通るように作られてはいないのだ、と主張していた。これは部分的には正しい主張だった。というのも、道はほんとうにその玉を入れかねていたからだ。だがそれはまた、正しくない主張でもあった。なぜなら事実その玉は、ひどく念入りに道幅に合わせて作られていたからである。ただしかし、玉にとってそれが快適な道というわけにはいかなかった。さもなければ、がまん遊びにはならなかったからである。

わたしはかねてからわたしに対して、ある種の疑いをいだいていた。しかしそれは、ただときおり一時的に起こるだけだし、あいだには長い中休みがあるので、ふだんはすっかり忘れてしまっている。のみならず、そんなのはつまらないことで、他の人々の場合だって起こるだろうし、ご本人たちもまともには取らないにちがいないのである。言ってみれば、鏡に映った自分の顔にあきれかえるとか、自分の後頭部の鏡に映った姿に驚くとか、あるいはまた、突然往来で鏡の前を通りかかり、自分の姿全体にびっくりする、というようなものである。

わたしはかねてからわたしに対して、ある種の疑いをいだいていた。それは言ってみれば、もらわれてきた子供が、細心の注意をはらって、生みの親であると思いこまされてきた場合でも、やはりその養父母に対していだくにちがいない疑いのようなものである。たとえ養父母がその子を自分の子供のようにかわいがり、愛撫や忍耐になんら欠けるところがない場合でも、やはりなんらかの疑いがそこにはあるのだ。それは、ただときおり長い中休みのあとで、つまらぬ偶然の機会に際して表明される疑いであるかもしれない。がしかしそれは、生きており、いったんは休んでも消えてしまうのではなく、力をたくわえていって、いい時機が来ればごくつまらない不満からでも、一躍してどんな束縛をもふりきってしまう大きなあらっぽい悪質の疑いへと変じ、疑っている者にも疑われている者にも共通であるいっさいのものを、見さかいもなく破壊してしまうのだ。わたしは、身ごもっている女が胎児の動きを感じるように、この疑いがうごめくのを感じている。のみならずわたしには、わたしがその疑いのほんとうの誕生よりも、生きながらえないであろう、ということも分かっているのだ。生きよ、美しい疑いよ、偉大で強力な神よ、そして、わたしを死なしめよ、わたしによっておまえを生ましめたそのおまえを生んだこのわたしを。

大きな旗がわたしの体の上にかぶせてあった。わたしは苦労してやっとそこからぬけ出した。わたしがいたのはある丘の上だった。牧場と草のない岩場とが、交互につらなっていた。同じようないくつもの丘が、波のような形で、あらゆる方向にむかってのびていた。ずっと遠くのほうまで見はらしがきいたが、西のほうだけは沈んでゆく太陽のもやと輝きとが、あらゆるものの形を溶かしこんでいた。わたしが目にした最初の人間は、わたしの司令官だった。彼は石の上にすわっていた。脚を組み、片方のひじを張り、頭を手でささえて、眠っていた。

わたしのとらわれの独房——わたしの城塞。

（補遺から）

日記から

文筆業者は、屁《へ》のようなことをしゃべる。

（一九一〇年）

わたしはぐったり疲れてしまったりはしないつもりだ。わたしは、たとえわたしの顔がそれで切りきざまれてしまおうとも、わたしの小説のなかへ飛び込んでゆくだろう。

フランス人がその本質上ドイツ人であるとしたら、ますますもって彼らは、ドイツ人から称讃されていることだろう。

わたしがこんなに多くのものを、いや、わたしが今年になってから書いたほとんど全部のものを、捨て去り消し去ってしまったことは、なんとしてもまた、書くことの大きな障害となっている。それは一山と言ってもいいほどで、わたしがそれまでに書いたものの五倍もあり、すでにその大きな嵩《かさ》によって、わたしの書くすべてのものを、わたしの筆の下から、自分のところへ引きつけてしまうのである。

今日はわたし自身を非難する気にさえなれない。こんな空虚な日のなかに非難の言葉を叫んで入れても、いとわしい谺《こだま》しか、帰ってきはしないだろう。

もうどんな文章にもわたしは力不足だ。そうだ、もし言葉だけが問題であるというのだったら、一つの言葉を置くだけでいいのだったら、そしてこの言葉をすっかり自己で満たしたという、安らかな意識のままに身をそむけられるのだったら。

（一九一一年）

婚約者にぞっこん惚れこんでいるNの妹は、なんとかうまくしつらえて、自分を訪ねてくる人とは一人一人別々に話をしようと思っている。一人ずつ別々のほうが、自分の恋心について話をしやすいし、それに何度でも話をくり返せるからだ。

たとえばの話、腕の筋肉は、なんとわたしには縁遠いものであろう。

わたしは不幸な信念をもっており、ほんのちょっとしたよい仕事をするのにも時間がない、と思いこんでいる。というのもわたしにには、物語を書くための時間がほんとうにないため、自分が必要としているように、自分自身をあらゆる方向にひろげていくことができないからだ。だが一方でまたわたしは、少しばかり書くことで気分がほぐれていれば、そのわたしの旅ももっとうまくいくだろうし、わたし自身としてももっとよく把握できるだろうと信じ、またまた書くことを試みるのである。

わたしはディケンズについてのものを読んだ。ある物語を、その最初から自分の内面で体験するというのは、そんなにむずかしいことだろうか。そしてこれは、局外者にも理解できることなのだろうか。つまりこうだ。物語を自分の内面で、遠い一つの点からはじまって、最後には走りよってくる機関車、鋼鉄と石炭と蒸気でできあがった機関車になるまで体験し、しかしそのときになってもなおその機関車を見捨てず、機関車に自分のほうがかりたてられようとし、またその時間の余裕も持っている、つまり事実機関車にかりたてられながら、しかも自分で身を躍らせてその機関車の前を走ってゆく、どこへ機関車がこちらを押して行こうが、どこへ機関車をこちらが誘導しようが、それにはおかまいなしに、というのである。

わたしはこれを理解することはおろか、信ずることとさえできない。つまりわたしは、ただあちこちで一つの小さな言葉のなかに生きているばかりで、たとえばその言葉の変母音（右の例の「押す」の《stößt》）のなかに、一瞬のあいだ、無能な頭を没頭させてしまうのだ。最初と最後の字母が、魚のようなわたしの感情の最初と最後だ。

自分は彼を正しく描写している、と人は考える。がしかし、それはただおよそのことなのであり、日記によって訂正されるものである。

ゲーテの日記。日記をつけない人間は、日記に対してまちがった立場をとるものである。たとえばそういう人間が、ゲーテの日記のなかで「一七九七年一月二日。一日中、家でいろいろな指図をしてすごす」とあるのを読むと、自分はまだ一度も、そんなわずかなことをして一日をすごしたためしはない、などと思ったりするのである。

わたしの課長の禿頭《はげ》のはりつめた膚《はだ》から、彼の額《ひたい》のやわらかな皺《しわ》への、いかにも曲のない移りかわり。あきらかな、ごくたやすくまねのできる自然の弱点だ。紙幣はこういうふうにつくられてはならないだろう。

悪霊たちは夜、指の第二と第三関節に巣くうからといって、目が覚めるとすぐに指を、三度水につける風習がある。合理主義的な説明をすればこうだ。指をすぐ顔にもってゆくことは、避けなければならない。なぜなら指は、眠って夢を見ているあいだに、思わずありとあらゆる体の部分に、つまり、腋《わき》の下や、お尻《しり》や、生殖器にさわっているかもしれないからである。

迷信。不完全なコップでものを飲むと、悪霊たちが人間のなかにはいってこられるようになる。

今日の午後、わたしの孤独からくる苦痛が、いかにも張りつめたしみ入りかたで、心のなかにはいりこんできたので、わたしはそのために力が使われてしまうのに気がついた。それはわたしとしては、こうして書いてゆくことによって獲得する力であり、まさかそんな目的のために予定していたものではなかったのだが。

今朝久しぶりにまたはじめて、わたしの心臓のなかをぐりぐり動くナイフの想念に、喜びを感じた。

ただ、恋人と腕を組んで歩いている、というそれだけの理由で、おちつきはらってあたりを見回していた少女。

エジソンはアメリカ人とのインタビューで、自分のボヘミア旅行についてこう語っている。彼の意見によれば、ボヘミアの比較的高度な発展は（郊外には広い道が通じ、家々の前にはそれぞれ小さな庭があり、田舎を通ってゆくと、工場を建設しているのが見える）、チェコ人が大量にアメリカへ移住し、逆に単独で帰ってくる者たちは、アメリカから新しい根性を持ちこんでくるからなのだ、と。

自分にはそれを取り除く任務があると思っている不都合な事態（たとえばわたしの妹の、一見ひどく満足げではあるけれども、わたしから見ればなんとも慰めなき結婚生活がそれだ）を、自分がそのままにしておこうとしているのをどこかで認めると、たちまちわたしには一瞬のあいだ、わたしの腕の筋肉の感覚が失われてしまう。

わたしは自分の身にそなわったいっさいの疑いえぬものを、その次には信ずべきものを、その次には可能なものを、といったぐあいにだんだんにそのすべてをまとめていってみたいと思う。たとえば、疑いもなくわたしのなかには本に対する渇望がある。元来からいうと、本を所有したいとか、本を読みたいとかいう渇望ではなく、むしろ本を見たいという渇望であり、本屋が並べている本を見て、そこになにがあるかを確かめたい渇望なのだ。どこかに同じ本が幾冊かあれば、そのそれぞれ一冊一冊の本に、わたしは喜びを感じる。まるでこの渇望が胃袋から生じていて、変態的な食欲ででもあるかのようだ。自分の持っている本はたいした喜びではないが、逆に妹の本はそれだけでもうわたしの喜びである。本を自分のものにしたいという欲求は、比較にならぬほどわずかで、ほとんどないといってもいいくらいである。

午後、寝入るときのこと。痛みのない頭をつつみこんでいるかたい頭蓋骨が、ぐっとなかにひきこまれて、脳みその一部をそとに出しっぱなしにし、光と筋肉の自由な戯れに任せたかのようだった。

黄色っぽい光のさす冷たい秋の朝の眼ざめ。ほとんどとざされた窓から、がむしゃらに飛びだして、まだ落ちて行くまえに、窓ガラスのすぐ外で、宙に浮く。両腕はひろげ、腹はそりかえらせ、脚は二本とも後へ曲げて、ちょうど昔の船の舳《へさき》につけた、彫像のように。

古いメモ・ノートから。「いまはもう日が暮れている。今朝六時から勉強のしつづけで、気がついてみると、もうしばらく前からわたしの左手が、同情のあまり右手の指を、握りしめているではないか。」

わたしが反対命題を嫌っているのは確かなことである。反対命題はなるほど予期せずして現われはするが、しかし人を驚かせはしない。反対命題は、いつでも間近なところに存在していたものだからである。反対命題が意識されなかったとしても、それはただ最後のぎりぎりの点でのことである。反対命題は徹底性、充実、完璧さなどを生みだすが、ただそれも運命の輪（幸福の女神によってまわされる輪。みんながそれにしがみつき、幸福と不幸のあいだを、どうどうめぐりさせられている）の人物のようなものなのだ。つまりわたしたちは、自分たちのちょっとした思いつきを、ぐるりとまわして見ただけのはなしなのである。反対命題はどんなにそれぞれがちがったものであっても、結局のところ差異はない。水でもかぶったように、われわれの手の下でひそかに生長し、はじめのうちは、際限のないものになるかに見えるのだが、最後はかならずきまって中くらいの程度にしかならない。反対命題は身を巻きこんでしまい、ひろがってゆくということがない。手がかりは与えるけれども、木の穴のようなものであり、停《とま》ったままの突撃であり、わたしが示したように、反対命題を自分のところへ引きおろしてしまう。反対命題はいっさいのものを自分のところへ、しかも永遠に引きおろしたがっているのである。

わたしの進歩に対する主な障害の一つは、あきらかにわたしの体の状態からきている。こんな体ではなんにもやり遂げることはできない。わたしはたえず体の故障が生ずるのに、慣れていかなければならないだろう。ここ数日来、一晩中むちゃくちゃに夢を見つづけ、おちおち眠ったこともない夜がつづいているので、今朝のわたしはもうなんの脈絡もなくなってしまい、感じられるものといえば自分の額《ひたい》ばかりで、なんとか少しは我慢できる状態も、遠く現在を越えたところにしか見られず、すっかり死を覚悟したあまり、書類を手にしたまま廊下のコンクリートの床の上に、まるくうずくまってしまいたいほどだった。わたしの体は、弱いわりには長すぎるのだ。恵みゆたかな温かさを生みだし、内部の火を絶やさないようにするだけの脂肪がまるでないし、精神が場合によっては日常必要不可欠である分以上に、全体をそこなうことなく養分をとれる、というだけの脂肪もない。一方、弱い心臓は、最近よくちくりちくりとわたしを刺していたが、それがどうして血液を、この脚の長さ全体にわたって、押しすすめたりできるだろう。膝まででももうたいへんな仕事で、その先はただおいさらばえた力で、冷たい下腿《もも》へへたへたと運ばれてゆくのだ。ところがそうしているうちにも、もうまた上のほうで血が必要になる。それを待っているあいだに、血は下のほうですっかり消耗されてゆく。体の長さのせいで、いっさいのものが引きはなされてしまっているのだ。たとえおしちぢめられていたとしたところで、わたしがし遂げたいことには、力が足らないだろうというこんな体に、いったい何ができるというのだろう。

レヴィ（カフカの友人だった東ユダヤ人の俳優）が、ある結婚している友人の話をした。この友人は、ポスティンというワルシャワ近くの小さな町に住んでおり、進歩的な関心をもっているせいで孤独を感じ、またそのために不幸を感じているというのだ。「ポスティンて、大きな町ですか?」「このくらいですよ」と言って、彼は自分の手のひらを出して見せた。その手は、ざらざらした黄褐色の手袋をつけており、荒涼とした地方を示していた。

劇場から走ってくる自動車の、ガソリンの臭いで気がついたことだが、芝居を見おえてこちらに向かって歩いてくる連中は、最後の手さばきよろしく、外套だの首にさげたオペラ・グラスだのの身じまいをしており、美しい家庭生活が彼らを待っているその様子が、ありありと目に浮かんでくるようである（たとえその家庭が、たった一本のろうそくで照らされていようとも、床《とこ》につく前には、それでちょうどよいのだ）。ところがその一方でまた、なんと彼らは劇場から家へと、送りつけられているように見えることだろう。芝居のはじまる前か第一幕のあいだには、いかにも尊大ぶって、何かお笑い草のような心配ごとのために、扉《とびら》を押してはいってきた劇場なのだが、目の前では幕が最後的におろされ、うしろでは先刻の扉がみんなひらかれたあと、いまいっせいに家路をさすその姿は、人の言いなりに動く下僚《かりょう》といった姿なのである。

独身者の不幸は、見かけだけにしろほんとうであるにしろ、周囲の者からいかにもたやすく察しがついてしまうので、秘密が楽しくて独身者になったような場合には、なんとしてもその決心を、呪わないわけにいかないだろう。独身者はなるほど上衣のボタンをかけ、両手はその上衣の高いポケットにつっこみ、肘《ひじ》をはり、帽子をまぶかにかぶって歩きまわる。まるで鼻眼鏡が目にかぶさっているように、もう生まれつきのものとなってしまった作り笑いで、口をおおって守ろうという寸法だ。それにズボンは、やせた脚《あし》に恰好がいい、というより以上になお細めだ。ところがしかし、彼の実態はだれでもが知っており、彼の悩みの種は、だれでもが数えあげられるのである。冷たいものが彼の内部から彼に吹きつけてくるし、彼はまたその内部を、悲しい二重の顔の半分の、より悲しいほうの顔でもって、のぞきこんでいるのである。彼は間断なくといっていいほど移住してゆくが、しかしそれも、予測したとおりの法則性をもってのことである。そうして、生活している者たちから離れて行けば行くほど――ところで、これがいちばん手ひどい皮肉なのだが、彼は離れて行きながらも、そういう人たちのために働かなければならないのだ。はっきりと意識はしているのに、自分の意識を表明することのゆるされない奴隷と同じである。――ますますもって小さな空間で、彼のためには充分であるとされてゆく。ほかの者たちは、たとえ彼らが一生涯病床に臥していているような場合でも、なおかつ死によって打ちのめされなければならない。というのも彼らは、自分たちの虚弱さのせいで、ほんとうならもうとうに倒れてしまっているようなときでも、自分たちの強くて健康で愛情のある、血縁関係者や夫婦関係の者にすがりついて、余喘《よぜん》を保っているからなのだ。ところがこの男、つまりこの独身者という奴は、見かけだけは自分の意志で、もう人生のただ中にいるときから、ますます小さくなってゆく空間に甘んじてゆく。そして、彼が死ぬと、ちょうど棺桶《かんおけ》が、恰好なものとなるのである。

寝入る前に、軽い両腕についたこぶしの重さを、わたしの体の上に感じた。

ありとあらゆるほかの障害（体の状態や両親や性格）は度外視しても、わたしは自分が結局のところやはり文学に専心していないということに対し、次のような二等分割によって、実にいい申しひらきの口実を得ようとする。つまりこうだ——自分がすっかり満足させられるような、もっと大きな仕事を完成することができないうちは、わたしはなにひとつ自分のために、敢行することができない、と。これはしかし、否定しがたい事実なのである。

今日の午後もそうだったが、いままたわたしは大きな欲求を感じている。わたしの不安におののく状態全部を、すっかりわたしのなかから書き出してしまい、それが胸の奥深くから出てくるように、紙の奥深くへと書きこみたいのだ。もしくはわたしがその書かれたものを、またすっかり自分のなかに入れこんでしまえるように、それを書きおろしたいのだ。これは芸術的な欲求ではない。

日曜日。わたしは妹と妹の小さな男の子を、訪ねて行かなければならない。一昨日のことだが、母が夜なかの一時に、男の子が生まれたという知らせをもって帰ってくると、父は寝巻のまま家じゅうを歩いて、部屋のドアをみんなあけ、わたしをおこし、女中をおこし、妹たちをおこして、男子誕生のことを告げ知らせたのだ。その調子ときたら、まるで子供がただたんに生まれたばかりでなく、もうその子が名誉ある人生を送ったうえで、埋めて葬《ほうむ》られたかのようだった。

疲れているせいで何も書かず、かわりばんこにあたたかい部屋と寒い部屋の長椅子に寝そべり、病気の脚といやな夢とをもてあました。一匹の犬がわたしの体の上に寝そべり、前脚が一本、顔のすぐそばにきている。目がさめたが、わたしはまだしばらくのあいだ、目をあけて、その犬を見るのがこわかった。

わたしはしばらく時がたってから書きはじめると、言葉をまるで虚《うつ》ろな空気のなかからのように引き出してくる。やっと一つの言葉を手に入れてみても、まさにそこにはただその一つの言葉があるきりで、仕事は全部新規まきなおしだ。

わたしにとっては先週がそうだったし、また少なくともいまこの瞬間がそうなのだが、とにかく過渡的な時期になると、よくわたしは自分の感情のなさに対する、悲しいけれども静かな驚きにとらわれる。わたしはうつろな空間によってあらゆるものから隔てられており、その空間の境界にまで、進んで行くことさえもしないのだ。

確実なことは、日曜日がけっして週日よりも、よけいに役立ったりはしないということだ。日曜日は特別な日程のせいで、わたしの習慣をみんなごちゃまぜにしてしまうし、わたしはわたしでやたらにたくさんの暇な時間を費さなければ、ただの半分ほどもこの特別な日に順応できないからである。

わたしは時間を守ることができない。なぜなら、待つことの苦痛を感じないからである。わたしは、牛のように待っている。つまりわたしは、自分の現在の存在にとって、ひどく不確かではあってもとにかくまあ一つの目的といえるものを感じると、自分の弱点でひどく虚勢をはり、いったんこれと定めたその目的のためには、なんにでも喜んで耐えてしまうのである。これで女に惚《ほ》れでもしたら、どうしたらいいのだろう。何年か前、広場のアーケードの下で、わたしはMが通りすぎるまで、どんなに長いこと待っていたことだろう。たとえ彼女が、ただ彼女の恋人といっしょに、通りすぎて行っただけのときでもである。

わたしは一部はなおざりのせいで、一部は待つことの苦痛を知らないせいで、約束した待ち合わせの時間に遅れて行ったものだが、それはまた一部は、自分が時間の申し合わせをした人々を、見つかるかどうか不確かなまま、改めて探し出そうという、新たな複雑な目的を達するためであり、つまりはまた、会えるかどうか不確かなまま、長いこと待っているという可能性を、手に入れるためだったのである。わたしが子供のころ待つことに対して、神経過敏のひどい不安をいだいたことからだけでも、こういうふうに結論することができるだろう――わたしはもう少しましなことをするように定められていたのだ、しかしわたしのほうは自分の未来を予感していたのだ、と。

調子のよいわたしの状態には、思いきり自然に生きるという時間もなければ、その許しもない。これに反して、調子の悪いわたしの状態のほうには、それが要求するより以上に、その時間と許しがある。ところでわたしは、日記で計算できるところによると、今月九日以来もう十日間も、調子の悪さに悩んでいる。昨日ふとまたわたしは、火のように燃える頭で床《とこ》につくことになり、これなら悪い時期はもう過ぎ去ったのだ、と早くも喜びだし、そうなるとうまく眠れないだろう、と心配にもなりだした。ところがそれも過ぎ去り、わたしはかなりよく眠って、目ざめたあとがよくないのだ。

日記をつけることの一つの利点は、心の落ちつく明快さで、いろいろな変遷を意識できることだ。この変遷は、いやおうなしにたえず人が経ているものであり、また一般的にももちろん人が信じ、予感し、自認しているものなのだが、こうした変遷を自認することから、希望とか心の安らぎを得るという段になると、無意識的にいつも人が否定するものなのである。日記のなかには、人が、今日《こんにち》から見れば耐えがたく思われるような状態のなかでも、生き、あたりを見まわし、その観察を書きとめたのだ、ということの証拠が見つかる。つまりそれは、この右手が当時も今日《こんにち》と同じように動いたのだ、という証拠なのだが、その今日《こんにち》のわれわれはといえば、自分たちの当時の状態を概観できるという点で、以前よりも賢明にはなっているのだが、逆にそれだけにいっそう、当時のわれわれがまったく無知でいながらも、なおかつたゆまぬ努力をつづけていたその大胆不敵さを、賞讃しなければならないのである。

わたしはレヴィを、ほとんど毎晩のように三十分も待たせるが、そのレヴィが昨日わたしにこう言った。

「ここ数日来、わたしは待っているあいだに、いつもあなたの窓を見あげているんです。わたしがいつものように、時間よりも前にやってくると、まずそこに明《あか》りがついているのが見えます。でわたしは、まだあなたが仕事をしているな、と思うわけです。それから明りが消えて、となりの部屋ではついている。つまりあなたは夜食をしているというわけです。それからまた、あなたの部屋に明りがつく。つまりあなたは歯をみがいている。それからまた、消える。ああ、あなたはもう階段にいるな、と思うのですが、ところがそこでまた、明りがつくんです。」

ゲーテは彼の作品の力によって、どうもドイツ語の発展をさまたげているようだ。散文はゲーテ以後、彼から遠ざかることがよくあったが、それでも結局は――ちょうど現在がそのとおりだが――憧れをつよめて彼のところに戻ってくる。そして、ゲーテに見られるけれども、そのほかにはゲーテとなんの関連もないといった、古い言いまわしを身につけ、まるで際限もないその依存度を、いやがうえにも高めて喜んでいる。

わたしの名前はヘブライ語でアムシェルといい、わたしの母の母方の祖父と同じ名前である。この曽祖父は、母の記憶によると、長い白いひげのある、非常に信心ぶかい学識豊かな人だった。彼が亡くなったとき、母は六歳だった。母の思い出によると、六歳の母は、遺骸の足指をしっかりとにぎって、もしかしたらおじいさんに対して犯したかもしれない過ちを、どうか許してくださるように、と頼まなければならなかったという。また母は、曽祖父のたくさんの本が壁一面にならんでいたこともおぼえている。曽祖父は毎日河で水浴をした。冬もである。冬には水浴のため、氷に穴をうがったのだ。母の母は、チブスにかかって早死した。この娘の死に心をくじかれ、曽祖母は憂鬱症にかかって、食事をとることをこばみ、だれとも話をしなかった。娘の死後一年たったある日のこと、彼女は散歩に出たまま、もう二度とふたたび帰ってこなかった。遺骸はエルベ河から引きあげられた。母の祖父よりもっと学識があったのが、母の曽祖父だった。キリスト教徒のあいだでもユダヤ人のあいだでも、同じように声望があった。大火のあったときには、彼のあつい信仰のせいで、奇蹟がおこった。周囲の家はみんな焼けてしまったのに、火が彼の家だけはとびこえて、焼かずに残してくれたのだ。彼には息子が四人あり、一人はキリスト教に改宗して医者になった。母の祖父以外はみんな早く死んだ。この母の祖父には息子が一人と娘が一人いたが、息子のほうは、母が気ちがいのナータン伯父として知っていた人であり、娘のほうは、ほかならぬ母の母となった人である。

窓に向かってぶっぱしり、こなみじんになった木わくやガラスを突きぬけて、力を出しきったあとはいかにも弱々しく、窓のしきいをふみ越える。

父が、同時代の人々や、とくにまた自分の子供たちの幸福な境遇に、たえずあてこすりを言いながら、自分が若いときになめなければならなかった苦しみを、いろいろと語って聞かせるとき、これに耳を傾けているのは愉快なことではない。満足な冬の着物がなかったため、父が何年間も脚にむき出しの傷をこしらえたままでいたり、しょっちゅう腹ぺこでいたり、十歳のときにはもう冬でも朝早くに、村から村へと車を押して行かなければならなかったりしたことは、だれも否定しはしない——ただ、父は理解しようとしないことだが、こうした正しい事実を、もう一つべつの正しい事実、つまり、わたしがそうした苦しみはなにひとつなめなかったという事実と比較してみたところで、かくべつそこからたいした結論は出てこないのだ。つまり、なにもそうだからといって、わたしのほうが父より幸福だったのだとか、父はこの脚の傷のせいで自慢していいのだ、とかいうことにはちっともならないし、わたしには当時の父の苦しみがちゃんとそれらしく評価できないのだ、そして結局のところわたしは、わたしが同じ苦しみを味わわなかったからこそ、父に対して際限もない感謝の念をいだかなければならないのだ、とそんなふうなことを父が頭から想定したり主張したりできることにもぜんぜんならないのである。もし父が絶え間なく、ただ自分の若いときのことや両親のことを、語って聞かせてくれるのだったら、わたしのほうも大いに喜んで、耳を傾けることだろう。だがそうしたことを、なにもかもみんな自慢と喧嘩《けんか》の調子で聞くのでは、まったくやりきれない。ひっきりなしに父は両手を打ち合わせて、こう言うのだ。「こんなことを、今日このごろ、いったいだれが知っているだろうか！　子供たちなんか、なんにも知らないのだ！　こんな目にあった者は、だれもいないんだ！　今日このごろの子供に、これが分かるだろうか！」今日は、わたしたちを訪ねてきたユーリエ叔母と、またまた似たような話になった。父方の親戚ぜんぶがそうなのだが、叔母もひどく顔が大きい。目は、なにかちょっと気になるように、とっちがったところについているか、それとも、色をさしているかだ。叔母は十歳で、料理女として奉公にだされた。ひどい寒さのなかを、ぬれたスカートのまま、何かをとりに走って行かねばならず、脚の膚《はだ》にはひびがきれ、スカートは凍りつき、それが夜ベッドのなかで、やっとかわいたのだった。

激しい力をもった膨大な思い出による気力の増大。独立した航跡が、われわれの船へとねじまげられ、作用が高まるにつれて、われわれの気力の意識が高まり、気力そのものが高まってくる。

（一九一二年）

はじめは、もっとも内面的な実存のいだく心配について、いろいろとくわしく話しあったあと、話を打ち切るというほどではなく、かといってしかし、もちろんそれ以上発展するということもなく、このつぎはいつどこでまた会えるだろうか、そしてそのときには、どんな事態を考慮しなければならないだろうか、とそれを話題にするときの対話の急転回。この対話が、さらにそのうえ握手で終われば、われわれの生活の純粋で確固とした組立てを、しばしは信じそれを尊敬もしながら、別れてゆくというわけである。

自伝のなかでは、ほんとうは「あるとき」と書くべきところを、「しばしば」と書く場合が非常に多いが、これは避けられないことである。なぜなら人は、思い出が闇のなかから取り出してくるということを、いつも意識しているからであり、この闇は、「あるとき」という言葉ではこなごなにこわされてしまい、「しばしば」という言葉では、そのまま残してもらえるとは言えないまでも、少なくとも書いている者の考えのなかでは充分に保たれており、彼の目をいろいろな細部にわたらせるからである。ところでこの細部というのは、もしかすると彼の生活にはぜんぜんなかったものなのかもしれないのだが、それでもしかし、彼が思い出のなかではもうおぼろげな感じでさえも触れることのできない細部の、代わりをつとめてくれるものなのである。

こちらはソファに寝そべっており、となりの二つの部屋では大きな声でおしゃべりをして、左側の部屋では女ばかり、右側の部屋では男が優勢、といったときにわたしの受けた印象は、それがなんともなだめることのできない、ニグロのような、粗野そのものの生きもので、何をしゃべっているのか自分でも分からず、空気を動かすためにだけしゃべっており、しゃべりながら顔をあげて、口から出した言葉のあとを見送っている、ということだった。

こうして雨のふる静かな日曜日が過ぎてゆく。わたしは寝室にすわって、おちついている。しかし、書く――たとえば一昨日ならば、自分の存在のいっさいをあげて、そのなかに注ぎ込むつもりでいたのだが――という決心をするかわりに、いまはしばらくのあいだ、ただじっと自分の指を見つめていたのだ。今週はすっかりゲーテに影響されており、その影響の力を汲みつくしてしまって、そのために能なしになってしまったようである。

ゲーテについて（ゲーテの対話、学生時代、ゲーテとともにした時、それに、ゲーテのフランクフルト滞在など）読んでいると、熱気が全身を貫いてとおり、書くことからすっかり遠ざけられてしまう。

月曜日。疲れていて、『詩と真実』を読むこともやめてしまった。外に向かってはかたくなで、心のなかは冷たい。今日F博士のところに行ったとき、二人ともゆっくりと思慮ぶかく歩み寄ったにもかかわらず、まるで二つのまりがぶつかりあって、たがいに相手をはじきとばし、自分のほうも自制の力がなく、どこかに消えていってしまうかのようだった。わたしは彼に、疲れているか、と聞いた。彼は、疲れていなかった。「なぜ、そう聞くかですって？　わたしが疲れているんです」とわたしは答えて、すわった。

わたしが疲れて無気力でいるための焦《あせ》りと悲しみを、とりわけよくはぐくんでゆくものは、決してこの目から離れることのない、未来への眺望であり、その未来を用意しているものが、またほかならぬ、疲れて無気力でいるための焦りと悲しみなのである。ベッドのなかの、ソファの上の、どんな夜が、散歩が、絶望が、なおわたしを待ちうけていることだろう、わたしがいままで切りぬけてきた、夜や散歩や絶望よりも、なおひどい夜や散歩や絶望が。

わたしがただ文学上の使命のために、他のことには興味がなく、そのためにまた薄情なのだということの、真実さないしは真実らしさを、だれがわたしに保証してくれるだろうか。

踊り子たちのことを、感嘆符をつけて話すという必然性。なぜなら、そうすれば彼女たちの動きをまねられるからであり、リズムのなかにとどまって、考えることがお娯《たの》しみの邪魔にならないからであり、作動がいつも文章の最後にあって、効果がもっとよくひろがってゆくからである。

人がそう呼びたいなら、わたしは悟りをひらいていた、とも言えよう。それは、いついかなる瞬間にでも、わたしには死ぬ用意があったからである。がしかしそれはわたしが、自分になすべく課せられていたことを、すべて果たし終えていたためではなく、そういうことはなにひとつやらず、また、そういうことをいつか少しでもやるなどとは、まるで望めもしなかったからなのである。

月曜日にわたしは、一人の少年がほかの子たちといっしょに、なにも知らずに先きを歩いてゆく女中に大きなまりをぶつけ、ちょうどそのまりが娘のお尻に向かって飛んでいったとき、その少年の首ったたまをむんずとつかみ、怒りたけって彼をしめあげ、脇へつきとばして、激しくののしった。それから先きへ歩いていくと、その娘の顔などはぜんぜん見むきもしなかった。人が自分の現世的な存在をすっかり忘れ去ってしまうのは、このようにすっかり怒りに満たされているからであり、また、場合によってはこれと同じように、自分がもっと美しい感情に、すっかり満たされることもあるだろう、と信じられるからなのである。

もっと多くを溶解してくれる、より深い眠りへの渇望。形而上的な欲求は、もっぱら死への欲求である。

重さもなく、骨もなく、肉体もなく、二時間街を歩きまわり、わたしが午後書いているときに、何を克服したのか考えてみた。

一つの通りが見せている心の不満の画面。なぜなら、だれもが自分のいる場所から足をあげ、立ち去ろうとしている。

雑誌『鏡《ミロワール》』が、現代における恋愛についてと、われわれの祖父母の時代以来、恋愛がどう変わったかについて、アンケートをとった。一人の女優が答えて言った。「今日《こんにち》ほどに、よく愛せた時代は、ありませんわ。」

兄と妹のあいだの愛情――母と父とのあいだの愛情の、くり返し。

天才的な作品が、われわれを取りまく周囲のなかに焼きつけて作ったくぼみは、人が自分の精神の小さな明《あか》りを入れるのに、かっこうな場所である。それゆえ、天才的なものから生じる精神点火の刺激は、一般の人の精神を点火して刺激するものとして、かならずしも人をもの真似へおいやるばかりではない。

（一九一三年）

ヴァリー（カフカの二番目の妹）が、明日演習のためにチョルトコフへ入隊する義弟のあとについて、うちの戸口から出てゆく。この、彼のあとについてゆく、ということのなかにある夫婦生活の承認は奇妙なものである。人が骨の髄までそれに甘んじてしまった制度としての夫婦生活、それを承認しているものなのだ。

わたしの内的実存のおそろしい不確かさ。

夫は棒杭《ぼうくい》を――どこからそれが飛んできたのか分からないのだが――うしろからぶつけられ、ぶち倒されて、穴をあけられた。地面に横たわりながら、彼は頭をあげ、両腕をひろげて、苦痛を訴えた。あとになってからは、ほんのちょっとの間、よろめきながら立ち上がることもできた。話して聞かせることのできるのは、自分がどんなふうにぶつけられたかということだけで、その他にはなにもなかった。そして、適当な方角を指さして、自分の意見ではそっちのほうから棒杭が飛んできたらしいのだ、と言うのだった。このいつでもおなじ話に、妻はもううんざりしていた。それも特に夫が、いつでも別の方向を指さすからだった。

凡庸な文学作品が、その著者がまだ生きていて、それらの作品のあとを追っているという事実からひきだす、内面的な利点。時代おくれになるということの、本来の意味だ。

わたしが四方八方に向けて耐えしのんでいる不安。医者に診察をうければ、医者はすぐわたしのところに突き進んでき、こちらはまるで自分を空洞にしたも同然、相手はさげすまれ反駁さえもされずに、わたしのなかで空《うつ》ろな講釈をする。

わたしが頭のなかに持っている、恐ろしい世界。だがどうやってわたしを解放し、引きさくことなく、その世界を解放したものだろうか。しかもその世界を、わたしのなかにとどめておいたり、埋めて葬《ほうむ》ってしまうよりも、引きさいてしまうほうがまだ何千倍もましなのだ。わたしがここにいるのは、でもそのためなのだ、わたしにはよく分かっている。

意識のない孤独への願い。ただ自分にだけ相対していたい。リヴァではそれを得られるかもしれない。

わたしは、自分がその娘と一年間、おなじ町に住んでいたような娘とは、けっして結婚しなかっただろう。

結婚による存在の拡大と高揚。まるで教会のお説教だ。だがわたしは、ほとんどそれを予感している。

わたしがなにかを口に出して言うと、それはたちどころにまた最後的に、重要性を失ってしまう。わたしがそれを文字に書きつけると、それはやはりいつでも重要性を失うが、しかしときおり、新しい重要性を獲得する。

絶望しないことだ。おまえが絶望しないことにも、絶望しないことだ。もうすべてがおしまいになったように見えても、それでもまだ新しい力が押しよせてくるものだ。それこそ、おまえが生きている、ということなのだ。新しい力がやってこないのだったら、それこそすべてがおしまいになったのであり、しかもそれが究極的になのだ。

ある家の一階の窓から、首にまかれた縄《なわ》でひきずりこまれ、なんの注意もしない者にやられるように、なんの顧慮もなく、血を流してずたずたにされながら、ありとあらゆる部屋の天井、家具、家壁、屋根裏をぶっとおしてひきずりあげられ、屋根の上には、空《から》の縄だけが顔を出す。屋根がわらをつき破るときになって、わたしの体の残りくずまでが、どこかに行ってしまったのだ。

この心の内部の滑車。小さな鉤《かぎ》が一本、最初の瞬間にはほとんどそれが分からないのだが、どこかかくれたところで前に動くと、たちまち全部の機械が運転しだす。まるで時計が時に服従して見えるよう、とらえがたい力に服従して、あちらこちらでカタンカタンと音をたて、鎖がみんなつぎつぎに、きめられた分だけガチャガチャ降りてくる。

わたしの結婚に対する賛否すべてのとりまとめ。

一　ひとりで人生に耐える能力のなさ。これは、生きる能力がない、などというのではなく、まったくその反対なのだ。それどころか、だれかといっしょに生活するということを、わたしが理解するなどというのは、ありそうにもないことなのである。がしかし、わたしに能力がないのは、わたし自身の生命の襲撃、わたし自身のいろいろな要求、時代と年齢の攻撃、書きたいという欲求の漠然とした殺到、不眠、狂気の間近さ——これらすべてのことにひとりで耐えてゆくことは、わたしにはできない。おそらく、ともちろんわたしはつけ加えておこう。Fとの結びつきは、わたしの実存に、もっと抵抗力を与えてくれるだろう。

二　ありとあらゆることが、すぐさまわたしには考えこむ種《たね》となる。漫画雑誌のしゃれの一つ一つ、フローベールとグリルパルツァーの思い出、夜のために用意された両親のベッドの上にある寝巻の様子、マックスの結婚。昨日は妹が言った、「(われわれの知人で) 結婚した人はみんな幸福でいるわ。わたしにはわからない」と。この言葉も、わたしには考えこむ種となり、わたしはまた不安にとらわれた。

三　わたしはできるだけひとりでいなければならない。わたしがいままでやりとげたことは、ひとりでいることの成果であるにすぎない。

四　わたしは文学に関係のないことは、みんな憎んでいる。人と話をすることは（たとえそれが文学に関係する話でもだ）退屈だし、人を訪問することは退屈だし、家族の者たちの苦楽は、魂の奥底までも退屈だ。人と話をすると、わたしが考えていることのすべてから、重要さ、真剣さ、真実さが失われてしまう。

五　結びつき、つまり流れ出ることへの不安。そうなればもう決してひとりではいられない。

六　昔はとくにそうだったのだが、わたしは妹たちの前で、他の人たちの前にいるときとは、まったくの別人になることがよくあった。大胆で、裸のままで、力強くて、人をあっと言わせ、ものを書くとき以外にはないように、すっかり心をうばわれていたのだ。妻というものの仲だちで、だれかれとなくみんなの前で、ああなれたらいいのだが！　だがそうなると、書くことからそれが、取り去られてしまうのではなかろうか？　それだけは困る、絶対に困るのだ！

七　ひとりでいれば、いつかはわたしの職場を、ほんとうに放棄してしまえるかもしれない。結婚したら、もうそんなことはできなくなってしまうだろう。

ただもう馬に、鞭をしっかりあてるのだ！　拍車で馬に、ゆっくり穴をあけるのだ。それから、ぐいと拍車をひきぬくのだが、いまは全力をあげ、拍車を肉へ食い入らせるのだ。

いっしょにいるという幸福を、罰するものとしての性交。できるだけ禁欲生活をすること、独身者よりも、もっと強い禁欲生活をすること、わたしにとってはそれが、結婚生活に耐えてゆく唯一の可能性だ。でも彼女のほうは？

わたしは今日キルケゴールの『士師の記』を手に入れた。予感していたとおり彼の場合は、根本的な相違があるにもかかわらず、わたしの場合と非常によく似ている。少なくとも彼は、この世界のおなじ側にいるのだ。友人ででもあるかのように、わたしの存在を裏書きしてくれている。

どこに救いはあるのか？　わたしがもうぜんぜん知らなかった偽りが、どんなにたくさん浮かびあがってきたことだろう。ほんとうのつながりが、ほんとうの別れとおなじように、やはりこうした偽りで満たされているのなら、わたしのしたことは確かに正しかったのだ。わたし自身のなかには、人間との関係さえなければ、目に見える嘘はない。限られた環のなかは、澄んでいる。

もうあとの祭りだ。悲しみと愛との甘さ。ボートのなかで、彼女にほほえみかけられる。それが、いちばんすばらしいことだった。いつもただ、死にたいとだけ望みながら、それでもなお自分を抑えていること、それだけが愛なのだ。

大人にはなっていながら若死するとか、ましてや自殺するというのは、外から見ると、実にたまらないことである。今後の発展のなかでなら意味もあろうという完全な混乱におちいって、退場していくわけなのだ。その際希望はぜんぜんなく、もしただ一つの希望があるとしても、それは、この人生の舞台への登場が、大きな差引勘定でなら、なかったものと見なされるだろう、というだけのものである。わたしのいまの状態は、だいたいこんなところだろう。死ぬということは、一つの無を無に引きわたす以外の何ものでもないだろうが、これは感情にとっては不可能なことなのである。というのも、たとえ無としてでも、自らを意識しながら無に引きわたすというのは、とうていできない相談であるし、しかも無に引きわたすといっても、その無はただのうつろな無であるのではなく、とどろきざわめく無であり、それがとらえられないばかりに、無価値とされている無なのであるから。

主人と従僕という男たちの一団。いきいきとした色つやに輝く、仕上げられた顔だち。主人は腰をおろし、従僕が盆《ぼん》に料理をのせて運んでくる。この両者のあいだにある相違と価値の相違はなにであろうか。それはたとえてみれば、無数の事態の集合的作用から見て英国人であり、ロンドンに生活している一人の男と、ラプランド人であって、ちょうどそのときにひとりでボートに乗り、嵐をつっきって海をわたっているもう一人の男とのあいだの相違と、まったくおなじなのである。たしかに従僕も——これもただ事情によってはのことであるが——主人になることができる。しかしこの問題は、たとえどんなふうな答えが出てこようとも、ここではなんらの妨げにもならない。というのも、いまここで問題になっているのは、いま現在の状況に対するいま現在の評価だからである。

だれひとり例外なく、つまり、もっとも人づきのいい柔順な人でさえも、ときおりは人間というものの統一性を、ただ感じとしてだけであれ疑うものである。人間というもののその疑われた統一性は、こうして他面では例外なくだれにでもあらわれているのであり、あるいはまた、人間全体と人間個人の発展というものに、くりかえしくりかえし発見される完全な共通性のうちに、あらわれているらしく見えるのだ。各個人のもっとも閉鎖的な感情においてさえもである。

愚かさに対する恐怖。一途に努力し、他のすべてのものを忘れさせてしまう感情には、いつでも愚かさがみとめられる。では、愚かさでないものとは？　愚かさでないものとは、敷居の前に、入口の横に、乞食のようにつっ立ち、朽ち果て、倒れることである。しかし、PとOとは、いやらしい愚か者たちだ。愚かさの担い手よりも大きい愚かさというのが、あるにちがいない。こうして小さな愚か者たちが、彼らの大きな愚かさのなかで、やたらに自分をひっぱってひろげているのが、いやらしい点であるらしい。だがパリサイの徒には、こういう状態でキリストがあらわれたのではなかろうか。

たとえば夜の三時に死んだ者は、すぐにそのあと、いってみれば夜もほのぼのと明けそめるころ、より高い生のなかにはいってゆく、というのはまったく矛盾にみちた、すばらしい想念である。はっきりそれとわかる人間的なものと、そのほかのすべてのものとのあいだには、なんという矛盾があることだろう！　なんとまあ一つの秘密からは、いつもかならず、もっと大きな秘密が出てくることだろう！　人間的な計算をする者は、もう最初の瞬間に、息の根がとまってしまうのだ。ほんとうならば、家から一歩踏みでることも、恐れてしかるべきなのである。

Oはたしかに悩んではいる。それでもわたしは、彼女が悩んでいるとは思わず、悩むことができるとも思わない。彼女も悩んではいるのだ、というわたし自身のもっとよい見識に反して、わたしはそう思わず、彼女を助けてやる必要がないように、わたしはそう思わず、助けようと思っても助けられないのは、わたしも彼女に腹を立てているからである。

積極的な自己観察に対する嫌悪。心理学的な解釈は、昨日はわたしはこうだった、それもなぜかといえばこれこれのため、今日はわたしはこうなのだが、それはなぜかといえばこれこれのため、などと言う。それはほんとうではない、これあれのためでなく、あれこれのためでもなく、そのためにまた、こうでもなければああでもない。早まらないで静かに自分に耐え、そう生きざるを得ないように生きて、犬のようにうろうろ走りまわらぬことだ。

瞬間の気分に影響し、その気分のなかでさえも作用し、ついには判断そのもののうちに作用するあらゆる事情を、はっきりと目にとめ、判断を下すということは、けっしてできることではない。それゆえ、昨日はわたしは確固としていたが、今日はわたしは絶望している、などというのはまちがいなのである。こうした区別は、人が自分に影響を与えたがっており、できるだけ自分自身から切り離されて、偏見や空想のかげにかくれ、しばしのあいだ、人工的な生活を送ろうとしていることを、証明しているにすぎない。ちょうどそれは、たまたま人が、居酒屋の片すみにすわりこんで、ちっぽけなブランデーの杯《さかずき》にすっかり身をかくし、まったくのひとりぽっちで、証明のできない偽りの想念だの夢だのを、楽しんでいるのとおなじである。

さきほどわたしは自分の姿を、鏡でよくよく眺めてみたが、わたしの顔が――もっとも夜の明《あか》りにすぎなかったし、その明りもわたしのうしろにあって、照らされていたのは、耳のふちのうぶ毛だけだったのだが――つくづくしらべてみても、自分でそれと知っているより、ましなように思われるのだった。明瞭で、目鼻だちのはっきりした、輪郭のほとんど美しいといえる顔。髪の毛や眉毛や眼の黒さが、そのほかのただ待ちうけている嵩《かさ》のなかから、生命そのもののように迫り出ている。まなざしはぜんぜん荒廃していない。そうしたかげはみじんもないのだ。といってまた、子供のようでもない。むしろ、信じがたいように精力的なのだ。がしかし、もしかするとそのまなざしは、ただ観察しているものだったかもしれない。ほかでもない、わたしがわたしを観察し、わたしをこわがらせようとしていたからだ。

昨日はなかなか寝つかれなかった。F。とうとう最後に計画が立った。それであやふやに寝つくこととなったが、要するにこうだ。ヴァイスに頼んで彼女の事務所に手紙を持っていってもらう。そして、この手紙には、ほかには何も書かないで、ただわたしが彼女のか、ないしは、彼女についての知らせを、ぜひとも欲しがっており、そのためにヴァイスをそちらへ送り、彼がわたしに彼女について書いてくれるようにした、とだけ書くのだ。ヴァイスはどうするかというと、彼女がその手紙を読みおわるまで、彼女の書きもの机のとなりにすわって待っており、ほかには何も頼まれていないし、答えもらうはずがなかろうから、おじぎをして、出てゆくのである。

公務員クラブでの討論の夕べ。わたしが司会した。自負心の奇妙な源泉。わたしの開会の辞、「わたくしは本日の討論会を、それが行なわれますことを遺憾に存じながら、開会しなければなりません。」つまりわたしは、ちゃんと前もって知らされていなかったので、用意ができていなかったのだ。

今朝事務所に出かける途中、Fに似た研究所の娘に、出会ったときの驚き。一瞬わたしは、それがだれだか分からず、ただ、Fに似てはいるけれども、やはりFではないとだけ気がつき、しかしそのうえさらに気づいてみれば、彼女には似ているという以上にFとの関係があり、つまりそれは、わたしが研究所で彼女を見ながら、よくFのことを考えたという関係だった。

ちがった調子で両腕を、半分だけあげながら、たちこめた霧に対してたちむかい、そのなかにはいっていこうとしている、一人の男のシルエット。

おだやかな顔つきと、おちついた話ぶりの効果。とくにそれが、未知の、まだ見すかされていない人間である場合には、はなはだしい。人間の口から出る神の言葉だ。

（一九一四年）

シベリアの原住民チュクチェンは、すさまじい彼らの国から、どうして移住して出ていかないのであろう。彼らの現在おくっている生活と、彼らの現在いだいている願望に比べれば、どこにいってももっとましな生活がおくれるはずなのに。だが彼らは、出てゆくことができない。可能であるすべてのことは、実際に起こるのである。起こることだけが可能なのだ。

このわたしに、ユダヤ人に共通な何があろう？　わたしにはわたしと共通なものさえほとんどないし、息ができることだけで満足して、ひっそりと片すみに立っているべきなのだ。

いろいろな可能性が、わたしにとっては存在している。まちがいのないところだ。がしかし、どの石の下にあるのだろう？

青春の無意味さ。青春に対する恐怖、無意味さに対する恐怖、非人間的な生活が、無意味にたちのぼってくることに対する恐怖。

かなり前のことだが、あるトランプ占いの女が、Aの妹にこう言った。あなたのいちばん上のお兄さんは婚約中だけれども、そのお嫁さんは、お兄さんをだましますよ、と。当時彼は、すごく腹をたてて、こんな物語をはねつけたという。わたし、「なぜ当時だけなんだね？　そりゃあ当時とおなじように、今日《こんにち》だってまちがいじゃあないか。あの人はきみをだましはしなかったもの。」彼、「ね、そうだろう、だましはしなかったね？」

わたしはヴェルチュ（カフカの友人、思想家、フェーリクス・ヴェルチュのこと）のところで、興奮している母親をなぐさめようとして言った。「わたしもこの結婚で、フェーリクスを失うことになります。結婚した友だちというのは、もう友だちではありませんからね。」フェーリクスは何も言わなかった。もちろん何か言えるはずもなかったのだが、彼は何か言おうとさえもしなかった。

このノートは、一九一三年五月二日に、わたしの頭を不確かにさせた、Fで始まっている。「不確か」というかわりに、もっとひどい言葉を用いれば、わたしはこのノートを、そのFという始まりで、終わりにすることもできる。

わたしは疲れている。眠ることでなんとかもちなおすようにつとめなければならない。さもないとわたしは、あらゆる点で破滅だ。自分を保ってゆくための、なんという労苦！　どんな記念碑も、建てられるために、こんな力の消費を、必要とはしない。

たんに図式的なものの持つ、身の毛もよだついやらしさ。

ひどく思いちがいをしているのでなければ、どうもわたしは近づいているらしい。まるでどこか、森のなかの開かれたところで、精神の戦いが行なわれているようなのだ。わたしは森のなかに、突き入ってゆく。何も見つけられずに、疲れてしまって、またすぐに急いで森を出る。わたしが森から去ろうとすると、よくまたわたしの耳には、あの戦いの武器のガチャガチャいう音が、聞こえてくる、かそれとも、聞こえてくるように思われる。戦士たちのまなざしが、森の闇を通して、わたしの姿をさがしているかもしれないのだ。だがわたしは、彼らのことをほとんど何も知らず、彼らのまぼろししか知らない。

はげしい雨。この雨に身をさらして立ち、鉄《くろがね》の光のつらぬくに任せよ。おまえを押し流そうとする水をかわして進め。しかし、身をとどめ、身を立てて待つがよい。突如として無限の光をそそぐ太陽を。

こんな悩みに耐えねばならず、こんな悩みをひき起こすとは！

わたしは自分のなかに偏狭さ、優柔不断、戦う人々に対する嫉妬と憎しみ以外、なにひとつ見出さない。その戦っている人々に、わたしは熱情をこめて、ありとあらゆる災いを願っているのだ。

文学という立場から見ると、わたしの運命はきわめて単純なものである。わたしの夢のような内面生活を描出することの意義が、ほかのすべてのものを二義的なもののうちに押しやってしまい、それらのものは恐ろしい調子で萎縮《いしゅく》し、また萎縮することをやめない。ほかのものはなにひとつとして、わたしを満足させることができないのだ。ところがしかし、この描出するためのわたしの力は、どうもさっぱりあてにならず、もう永久に消えてしまったのかもしれないし、またもう一度わたしを襲ってくるかもしれないのだ。ただしかしわたしの境遇は、その力にとって都合のよいものではない。そんなわけでわたしは妙によろめいており、たえず山の頂に飛んでゆくのだが、ほとんど一瞬として、そこにとどまっていることができない。他の人々もよろめいてはいるが、しかしそれはずっと下のほうの地帯でのことであり、彼らは力もわたしより強いのだ。彼らが倒れかかると、その目的のために、彼らと並んで歩いている家族の者が、彼らを受けとめてやる。ところがわたしは、頂上でよろめいている。それは残念ながら死そのものではなく、死んでゆくという永遠の苦しみなのである。

愛国主義的な行進。市長の演説。それから人波が消えてゆき、それからまたあらわれ出て、ドイツ語での叫び声、「われらの愛する帝国、万歳、万歳！」わたしは怒った目つきで、つっ立っている。こうした行列は、もっともいやらしい戦争の副産物だ。ユダヤ人の商人たちが、火つけ役をしているのだが、そのユダヤ人たちは、あるときはドイツ人であり、あるときはチェコ人で、それをなるほどこっそり告白はできても、現在のように大声では、けっして叫びたてることのできない連中なのだ。もちろん彼らは、多くの人々をいっしょにまき込んでゆく。組織だては、うまくできていた。これが毎晩くり返され、明日の日曜日には二度もあるのだそうだ。

個性として区別する、という目に見えた能力はぜんぜんなくても、人はいつでも自分の相手を、その相手にあった仕方で扱うものである。「ピンツ出身のＬ」は、自分に注意を向けさせようとして、わたしに向かってぐっとステッキをつき出し、わたしを仰天させる。

子供たちから感謝を期待する両親は（感謝を要求する両親さえもいる）、高利貸のようなものである。彼らは利子さえ得られれば、喜んで危険をおかし、資本を賭《か》けるのだ。

うつろな絶望、身を立てることさえできない。苦悩で満ち足りてこそ、はじめてわたしは停《と》まることができるのだ。

どんな小説でも書き出しは、まずお笑い草のようなものである。この新しくて、まだ未完成で、どこもかしこも傷つきやすい生き物が、この世のできあがった機構のなかで、生命を維持していけるだろうとは、とうてい思えないのだ。なぜといってこの世の機構も、ありとあらゆる完成した機構とおなじように、自らを閉ざし他者を排して、完結しようと努めているからである。ただその際人が忘れがちなのは、正当なものであればその小説が、たとえまだ完全に発展はしていなくても、できあがった機構を自らのうちにそなえている、ということである。だからこの点で、小説の書き出しに対する絶望というのは、いわれのないものである。そうでなければ、両親たちもおなじように赤んぼに対して、絶望しなければならないだろう。なぜなら両親たちは、そんなみじめなお笑い草みたいなものを、この世に産みだすつもりではなかったからである。もっとも、自分の感ずる絶望が当を得たものであるのかないのか、これはだれにもけっして分かることではない。しかしある種のよりどころは、この点をよく考えてみることによって、得られるのである。それを一度もしたことがなかったために、わたしは損をしてきたのだ。

あんまりたくさん精神病者を登場させすぎる、というドストイェフスキーに対するマックス（マックス・ブロートのこと）の異議。完全な誤りだ。彼らは精神病者ではない。病気であるとすることは、ただ性格づけをする一つの方法であるにすぎないし、しかもそれは、非常に繊細で効果的な方法なのである。たとえばある人物のことを、あれは単純でおろかな人間だ、とくり返しくり返し言ってさえいればいいのである。そうすれば、ドストイェフスキー的な核心がそなわっている以上、その人物はいわばその最高の効率にまでつきあげられてゆくのである。ドストイェフスキーの性格づけは、この点で、友だちどうしのあいだの罵《ののし》り言葉と、だいたい似たような意味をもっている。友だちどうしがおたがいに、「ばかだなあ、きみは」と言っても、彼らは相手がほんとうにばか者で、その友情関係で自分たちが品位を落とした、などと思っているのではない。たいていの場合そのなかに含まれているのは、それがたんなる冗談でないかぎり、いや、冗談である場合でさえも、いろいろな意図のかぎりなくまじりあったものなのである。だからたとえばカラマーゾフの父親は、けっして愚か者であるわけではなく、悪くはあっても非常にかしこい、ほとんどイワンに匹敵するほどの男なのだ。とにかく例としてあげてみても、作者から攻撃されていない彼の従兄弟や、彼にくらべてずっと高尚なつもりでいる甥《おい》の地主などより、ずっとかしこい男なのである。

十二月三十一日。八月からの仕事は、だいたいのところ量が少なくもないし、質が悪くもない。しかし、量の点でも質の点でも、自分の能力の限界には達していない。ほんとうはそれがぜひとも必要だったのだが。しかも特にそれは、わたしの能力があらゆる兆候からおして（不眠、頭痛、心臓の衰弱）、もう長くは続かないだろうからなのだ。書いたもので未完成なのは、『審判』『カルダ鉄道の思い出』『村の学校教師』『助席検事』、それに比較的短いいくつかの冒頭の部分だ。完成したのはわずかに『流刑地にて』と『失踪者』（『アメリカ』のこと）のなかの一章だけ。両者とも二週間の休暇中の仕事だ。なぜ自分がこんな概観をやっているのか、わたしには分からない。まるでわたしには、似あわないことではないか！

（一九一五年）

昨年の八月以来、時間をさっぱりうまく利用していないのが分かった。午後にたくさん眠って、夜はおそくまで仕事をつづけられるようにと、たえず試みてみたのだが、それが無駄だった。二週間ほどたってみるとすぐに分かったのだが、夜一時過ぎに床につくことは、わたしの神経が許さないのだ。一時過ぎに床につくと、もうぜんぜん寝つくことができず、つぎの日が耐えがたいものになって、自滅してしまうからである。それでわたしは、午後には長すぎるくらい横になり、夜にはまためったに一時過ぎまでは仕事をせず、しかもいつも仕事をはじめるのは、早くて十一時ごろということになった。これはまちがっていた。八時か九時には仕事をはじめなければならない。夜はたしかに最良の時（休暇だ！）なのだが、わたしには手のとどかないものなのだ。

わたしは二人の友だちと、日曜日に遠足に行く約束だったのだが、まるで思いがけないことに、落ち合う時間を寝すごしてしまった。友人たちは、ふだんはわたしがよく時間を守ることを知っていたので、これには呆《あき》れて、わたしの住んでいる家までやってくると、なおしばらくそこに立って待っていたが、やがて階段をのぼって、わたしの部屋のドアをノックした。わたしはひどく驚いて、ベッドから飛びおりると、他のことはなにひとつおかまいなしに、ただもうできるだけすばやく、身づくろいをしようとした。やっとすっかり洋服を着おわって、ドアから外へ出てみると、二人の友だちは、明らかに驚いた様子で、あとじさりしてゆくのだった。「頭のうしろは、いったい何なんだ？」と彼らはさけんだ。目がさめたときから、頭をそらせるのに邪魔になるものが、なにかあるような気がしていたのだが、いまそこではじめてわたしは、手でこの邪魔ものにさわってみた。すでに少し身体を寄せ合っていた友人たちが、ちょうど「あぶない、けがをするな！」とさけんだとき、わたしは頭のうしろで剣の柄《つか》をつかまえた。友だちたちはそばに寄ってきて、わたしの体をしらべ、わたしを部屋に引き入れて、洋服ダンスの鏡の前につれてゆき、上半身の着物をぬがせた。十字架のような柄のある、大きな古い騎士の剣が、わたしの背中に鍔《つば》まで突きささっていたが、ちょうどその刃が、わけのわからぬほど精確に、皮膚と肉とのあいだに押し込まれ、ちっとも傷をつけないでいたのだ。しかし、首の刺し口のところにも、やはり傷はなかった。友人たちがたしかめてくれたところでは、そこはちょうど刃がはいるだけの裂け目が、まるで血も出ずかわいたままに開《あ》いたのだった。いま友人たちが椅子の上にのぼり、ゆっくりと一ミリ一ミリ、その剣を引きぬいてゆくと、血は一滴も流れて出ず、首の口をあいたところも自然にとじて、最後には、ほとんどそれと分からぬ裂け目が残るだけだった。「さあ、これがきみの剣だ」と友人たちは笑いながら言って、その剣を渡してよこした。わたしは両手で重さをはかってみた。なかなか貴重な武器で、十字軍の騎士が使ったかもしれないようなしろものだ。だが、こんなひどいことを、だれがいったい我慢できよう——昔の騎士が夢のなかで歩きまわり、無責任に剣をふりまわして、罪のない睡眠者にそれをつきとおし、重傷を負わせなかったその理由はといえば、何はさておき生き身の体は、彼らの武器もすべってしまうものらしく、それにまた忠実な友人たちが、ドアのうしろに立っており、いつでも助けてやろうとノックをしたため、それだけが理由とはあんまりひどいのではなかろうか。

わたしの確認したことは正しかったし、また正しいと認められもした。わたしたちのうちのどちらもが、相手をそのまま、あるがままに愛している。しかし、あるがままではどちらもが、相手といっしょに生活できない、と思っているのだ。

このグループ。W博士は、Fが憎むべき人間だと、わたしに信じさせようとし、Fは、W博士が憎むべき人間だと、わたしに信じさせようとする。わたしは両方の言うことを信じ、両方を愛する、あるいは愛そうと努める。

昔からのこの無能力。書くことを中断して、十日もしないうちに、もう投げ出されてしまっている。またまたたいへんな骨折りが、目の前にぶらさがっている。文字どおり下へ下へもぐってゆき、先きに沈んでゆくものよりも、もっと速く沈んでゆくこと、それがどうしても必要なのだ。

さっぱり勝手が分からない。自分のもっていたものが、みんな手のうちから、逃れていってしまったかのようだ。そして、たとえそれがまた帰ってきたところで、それだけでは、どうにもわたしには足らないかのようだ。

ストリンドベリ（『不和』）を読んだおかげで、少し事情が好転した。わたしはストリンドベリを、ストリンドベリを読むために読むのではなく、彼の胸に横たわるために読む。彼は、わたしを子供のように、左の腕にかかえてくれる。わたしは、銅像の上の人間のように、そこにすわっている。十回ほども、あやうくすべり落ちかかるのだが、それでも十一回目には、しっかりとすわりこみ、もうあぶなげなところもなく、大きな展望をわがもの顔にする。

脚が長くて目の黒い、黄色い皮膚《はだ》の子供らしい女の子、お茶目で快活だ。ちっちゃい友だちの女の子が、帽子を手にしているのを見て、「あんた、頭が二つあるの?」友だちにはこの冗談がすぐ分かる。それ自体としては、ひどく気のぬけた冗談なのだが、その声と、小さな身体の全身をかけたことで、いかにも生き生きとしているのだ。笑いながらその友だちは、二、三歩さきで出あったつぎの友だちに、その冗談を話してきかせる。「あの子ったら聞いたのよ、あたしに頭が、二つあるのかって!」

聖書をひもとく。不正な裁き人の話。つまりそこに見出すのは、わたし自身の意見か、それとも少なくとも、わたしがこれまで自分のなかに、見つけておいた意見である。それにしても、別に意味のあることではない。わたしはそうしたことでは、けっして目に見えた影響を受けない。わたしの目の前に、聖書のページがはためくことはないのである。

嘆き訴えることの無意味さ。それへの答えが、頭のなかの刺すような痛みだ。

なぜ問うことは無意味なのだろう？　嘆き訴えるということは、問いを出して、答えがくるまで待っている、ということである。しかし、その問いが成立したときに、自らが答えを出していない問いは、永久に答えを与えられはしないのである。問う者と答える者のあいだには、距離がない。克服すべき距離は、存在していないのである。それゆえ、問うことと待つことには、意味がない。

神経過敏のいろいろちがった形。騒音はもうわたしのさまたげにはならないと思う。とはいっても、いまわたしは仕事をしているわけではない。ただ、自分の穴を深く掘れば掘るほど、ますますあたりは静かになり、不安が消えれば消えるほど、ますますあたりは静かになる。

解くことのできない問題。わたしはもうだめになったのだろうか？　没落しつつあるのだろうか？　ありとあらゆる徴候が、それを物語っている（冷淡、鈍感、神経の状態、放心、職場での無能力、頭痛、不眠）。ほとんどただ希望だけが、それに反対をとなえている。

（一九一六年）

ある夢。二手にわかれた男たちのグループが、戦い合っていた。わたしの属しているグループは、一人の敵、でっかい裸の男をつかまえていた。仲間が五人がかりで彼をおさえつけていた。一人は頭を、二人ずつがそれぞれ腕と脚とをである。残念なことに、この男を刺し殺すナイフがなかった。われわれは急いで順ぐりに、ナイフはないかとたずねたが、だれも持っていなかった。だが何かの理由で一刻も猶予はならなかったし、近くにはストーヴがあり、その並はずれて大きな、鋳物でできた炉の扉が、まっ赤に焼けていたので、われわれは男をそこへひきずってゆき、足を一本炉の扉に近づけた。と、足から煙が立ちはじめ、そこでまたその足をもとへひきもどし、すっかり湯気を出しきらせてから、すぐにまたそれを近づけた。こんなことをなんべんでもくりかえしているうちに、わたしはただ冷汗ばかりでなく、ほんとうに歯の根をガチガチふるわせながら、目が覚めた。

苦い、苦い、苦々しい、これがいちばん主要な言葉だ。どうしてかけらの山から、羽ばたく物語を、ハンダでくっつけて作れようか？

すべてを忘れることだ。窓をあけることだ。部屋を空《から》にすることだ。風が部屋のなかを吹きぬける。見えるのはうつろな空間ばかり、四隅をくまなく探してみても、自分の姿が見つからない。

家が三軒ぶつかりあって、そこに小さな中庭を作りあげていた。この中庭では、納屋《なや》のなかになお二つの仕事場がもうけられていたし、片隅には、小さな箱が山のようにつまれてもいた。あるひどい嵐の夜——風が雨のかたまりを、いちばん低い家の屋根ごし、はげしく中庭に吹きこんでいた——、まだ屋根裏の部屋で、本の上にかがみこんでいた一人の学生が、中庭からの大きな悲嘆の声を聞いた。彼はびっくりしてとびあがり、耳をすませた。がしかし、あたりは静まりかえったままで、いつまでたっても音はしなかった。「きっと錯覚だ」と、学生はつぶやいて、また本を読みはじめた。しばらくすると本のなかの字が、「錯覚でなし」と、まことしやかに組みあがってきた。「錯覚だ」と彼はくりかえして言い、浮足だった幾行かを、字にそってすべらせていた人差し指で、しっかりなおしてやった。

共同生活の辛苦。奇異、同情、歓楽、怯懦《きょうだ》、虚栄にむり強いされ、ただ深い谷底のほうで、もしかすればかぼそい小川が、愛と呼ばれるだけの値打をもち、求めても手にはとどかず、一瞬のまたその一瞬のうちに、ふとあるときらめくだけ。

不幸な夜。Fといっしょに生活することはできない。だれとでも共同生活をすることには耐えられない。それを残念がっているのではない。ひとりでいられないことのほうを残念がっているのだ。しかしその先きは、この残念がりの無意味さであり、順応しだし、ついには理解するという寸法だ。地面から立ちあがることだ。本につかまるのだ！　しかし、またぞろ逆戻りで、不眠、頭痛、高い窓から飛びおりる。がしかし、雨ですっかりやわらかになった地面の上へだ。落ちてぶつかっても死にそうにない。目を閉じたまま、際限もなく転がりまわり、開かれたなにかしらのまなざしに、さらされている。

ただ旧約聖書だけが知っている——旧約聖書については、何もつけ加えて言わないこと。

おまえの腕にこのわたしを、愚かさと痛みとの編み細工を、どうか抱きとってほしい。

わたしはツックマンテルでのとき以外、まだ女性と親しい間柄になったことがない。それからもう一度、リヴァのスイス娘とだ。最初のは人妻で、こちらは何も知らず、二番目のはまだ子供で、こちらはすっかりどぎまぎした。

大人の共謀としての教育。われわれは自由に戸外を暴れまわっている者たちを、われわれ自身も口に出して言っているままにではないが、とにかく信じてはいる口実のもとに、われわれのせまい家のなかにひき入れてしまうのである。(だれが貴人になりたがらないであろうか? だから、ドアをしめなさい、ということになる。)

マックスとモーリッツ(ヴィルヘルム・ブッシュの同名の作品中の二人の悪童)の所行を説明し克服しようとすることの愚かしさ。

悪徳を思いきり発揮して暴れさせるということの、他の何ものによっても補うことのできない価値は、悪徳がその場合に全力と全身で立ちあがり、人が自分も加わっているために興奮して、ただその微光だけしか見ないとしても、とにかく目に見えるものになる、という点にある。船乗りの生活は、水たまりのなかの訓練では、習うことができない。それどころか、水たまりのなかであんまり訓練しすぎると、船乗りになることができなくなってしまうのだ。

フス教徒が和解統合の基礎として、カトリック教徒に提示した四つの条件のなかには、「大食《ぐら》い、大酒飲み、不身持ち、嘘をつくこと、偽誓、高利貸、懺悔《ざんげ》とミサの料金とり」などのあらゆる死罪は、死をもって罰せられるべきである、という条件もはいっていた。ある一派などは、こうした罪の一つで汚されている者を目撃したなら、たちどころに死刑を執行してもかまわない権利を、あらゆる人に与えておくべきだ、とまで主張した。

まず、知性と願望とをもったその冷たい輪郭のなかで、未来の姿をそれと認め、やっとそれから、それらに引かれ押されて、このおなじ未来の現実のなかに、しだいにはいりこんでゆく、ということは可能だろうか？

われわれは意志、つまりは鞭を、われわれ自らの手で、われわれの上にふるうことを許されている。

（一九一七年）

宮廷道化師。宮廷道化師についてのスケッチ。

宮廷道化師の偉大な時代は、もうおそらく過ぎ去ったものと思われるし、二度とふたたび帰ってきはしないだろう。すべてのものが、それとはちがった方向を目ざしている。これは否定できない。それにしてもわたしは、宮廷道化をなお心ゆくまで味わうことができた。たとえそれが、いま人類の所有から失われてゆくとしてもである。

わたしはいつも仕事場の奥で、まっ暗ななかにすわっていた。そこでは、自分が手にしているものが何であるのか、推し当てなければならないことがよくあった。にもかかわらず、やりそこなうたびに、親方に一発食らうのだった。

なんとも使いものにならない奴。友人なのだろうか？　彼のもっているものを、はっきり思いうかべてみようとすると、きわめて好意的に判断したときですら、わたしの声より少しひくいその声しか残らない。「救われた」と、わたしが叫ぶとする。わたしとしては、自分がロビンソンになったつもりで、「救われた」と叫んでいるのだが、そうすると彼は、それをそのままよりひくい声でくりかえすのだ。わたしがコーラハになったつもりで、「もうだめだ」と叫べば、彼はまたすぐにひくい声で、それをくりかえすだろう。たえずこんなコントラバス弾《ひ》きをつれて歩くのは、どうもしだいにわずらわしくなってくる。ところが彼自身も、そんなことを勇んでやっているわけではなく、ただどうしてもそうせざるをえないし、それしかできないものだから、わたしの言葉をくりかえしているのだ。ときおり休暇のあいだに、こうした個人的な事柄に身をふりむける時間があるようなときには、庭の園《あず》亭《まや》などで、どうしたら彼から解放されることができるのか、そのへんのところをわたしは彼と相談する。

汽車のなかにすわっており、それを忘れて、家《うち》にいるのとおなじにしている。突然思い出して、ひっぱってゆく汽車の力を感じ、旅行者になる。帽子をトランクからひきだし、相客の者たちにはもっと自由に、偉そうに、あつかましく応接する。目的地にいわれもなく運ばれてゆき、そのことを子供のように感じとり、ご婦人がたのお気に入りになり、たえまない窓の魅力のもとに立ち、少なくとも片方は、いつでも手をのばして窓のふちにおく。

もっとするどく裁断してみれば、こういう状況だ。忘れたということを忘れ、突如として、超特急で一人旅をする子供となる。その子のまわりには、急ぐあまりにふるえる車輛が、驚くというのにはまるで値せず、手品師の手のうちからのように、さらりと築かれる。

人が探している者は、たいてい隣に住んでいる。これはかんたんに説明できることではないので、まずは経験的な事実として受け入れなければならない。この事実は、きわめて深い根拠をもっているので、たとえそうしようと目ざしたところで、それを阻止することはできないのである。なぜそういうことが起こるかというと、それは探している隣人のことを、人がなにひとつ知らないからなのだ。つまり人は、自分がその隣人を探しているのだということも知らないし、その隣人が隣に住んでいるのだということも知らないわけで、そうなればしかし、その探している者はまちがいなく隣に住んでいるのである。こうした一般的な経験的事実自体は、もちろん人が知っていてもかまわないのである。そういう知識は、ぜんぜん妨げになるものではないからだ。たとえ人がその知識を、意図して始終心に思いうかべていてもである。

わたしはもう何年来、大通りの四辻にすわっている。しかし明日は、新しい皇帝が町にはいってくるので、わたしの場所から立ちのかなければならない、という。わたしは自分の原則からしても、また嫌悪の感情からしても、自分の周囲に起こることには、なにひとつ口をさしはさまないことにしている。もの乞いをすることも、もうとうにやめてしまっている。昔からこの場所を通りすぎている者たちは、習慣からか、誠実さからか、それとも知り合いであるためか、わたしにお金をくれるし、新顔の連中のほうは、ただこの例にならっている。わたしは小さな籠《かご》を自分のとなりに立てておくのだが、そのなかにみんなは、それぞれが適当と思う分だけ、投げ入れてゆくのである。しかしわたしは、だれのことにも心をわずらわさず、さわがしい愚かしい通りのただなかで、おちついたまなざしとおちついた心とを保っており、まさにそのためにこそ、わたし自身や、わたしの立場や、わたしの正当な要求に関するいっさいのことを、だれよりもよく理解しているのである。この問題については、議論の余地はぜんぜんなく、通用するのはわたしの意見だけだ。そんなわけで今朝、もちろんわたしのことをよく知ってはいるが、わたしのほうはしかし、これまたもちろん一度も目にしたことがない、といった一人の警官が、わたしのところに立ちどまり、「明日は皇帝のご入来だ。明日ここに来ることは、控えておくのだな」と言ったとき、わたしは答えのかわりにこうたずねた、「きみはいくつかね?」と。

非難として口に出されるときの文学という言葉は、ひどく言葉を短縮したものなので、この言葉は——もしかすると、はじめからそれを意図していたのかもしれないのだが——しだいに思考の短縮まで生み出すことになり、それが正しい遠近の感覚を奪い去ってしまい、その非難を的《まと》のずっと手前のひどく的はずれのところに落とすこととなる。

無の非常警報ラッパ。

A　ぼくはきみに助言をしてもらいたい。
B　なぜまたとくにこのわたしに？
A　きみを信頼しているのだ。
B　なぜだね？
A　きみにはいままでにもよく集まりで会ったことがある。われわれの集まりでは、結局のところいつでも助言が問題なのだ。その点ではきみもぼくもおなじ意見のはずだ。どんな種類の集まりであれ、つまりいっしょに芝居をやろうが、お茶を飲もうが、霊媒術をやろうが、それとも貧民救済をやろうが、いつでも問題なのは助言なのだ。なんと大勢の人間が、助言に渇《かつ》えていることか！　それも、われわれの目にうつるよりは、なお大勢なのだ。というのも、こうした集まりで助言を与える者たちは、ただ声だけで助言を与えており、心では彼ら自ら助言を欲しているからだ。彼らはいつでも助言を求めている人たちのなかに、自分たちの影法師をしのばせておき、とくにこの影法師を目ざしてものを言う。ところが、だれよりも特にこの影法師自身が不満に思い、いやな気分になって席を立ち、その助言を与えた者をうしろにひきつれて、ほかの集まりへと出かけてゆき、またおなじ遊戯をやらかすわけだ。
B　へええ、そうかね。
A　そうだ。きみもそれと知っているはずだ。べつに自慢できることでもない。世の中の人がみんな知っていることだし、それだからこそまた、みんなの願いがなおいっそう切実なのだ。

「蛇《へび》の道を作れ！」と叫び声があがった。「偉大なマダムの道を作れ！」「ほいきた、待ってました！」と答えの叫び声があがった。「ほいきた、待ってました！」そしてわれわれ、道を切りひらく者、四海に名だたる石割人夫のわれわれは、藪《やぶ》のなかから行進して出た。「かかれ！」と、いつも陽気なわれわれの隊長が叫んだ。「かかれ、蛇の餌ども！」命令一下われわれは、ハンマーをふりあげ、ふりあげ、何マイルにもわたっての、けんめいしごくな石割りがはじまった。休みは一刻も許されなかった。許されるのは、ハンマーを持つ手の交替だけだった。晩にはもうわれらの蛇が到着なさる、とおふれがまわっていた。それまでにはすべてのものを、粉々にくだいておかねばならないのだ。われらの蛇は、どんな小さな石にも耐えられない。こんな神経過敏の蛇が、いったいどこにいるだろうか？ 事実また、これはまさしく珍無類の蛇なのだ。われわれの労働でたぐいないほど甘やかされ、そのためにまた、たぐいないほど変わった蛇になったのだ。われわれが変だと思い、残念に思うのは、まだあいかわらず彼女が自分のことを、蛇と呼んでいることだ。もちろんマダムとしても、珍無類ではあるのだが、それでもしかし、せめてもはマダムと、いつも呼んだらいいのだが。だがしかし、それはわれわれの心配することではない。われわれの仕事というのは、粉々にして粉にすることなのだ。

この可能性が可能性としておよそ存続するかぎり、おまえには事をはじめるという可能性がある。それを浪費しないことだ。おまえが押し入っていこうとするなら、おまえはおまえのなかから流れ出てくる汚物を、避けることはできない。しかし、そのなかでころげまわっていてはならないのだ。肺の傷が、たんなる象徴であるならば、つまりおまえの主張しているように、その炎症がF、その深みが弁明という名の傷の象徴であるならば、それなら医者の忠告（光、空気、太陽、安静）も、やはりおなじく象徴なのだ。この象徴をとらえることだ。

傷の痛みを作りあげているものは、傷の深さやはびこり方よりも、傷の年齢なのだ。おなじ傷口をくりかえしくりかえし裂いてあけられ、幾度となく手術をされたその傷が、またまた手当てを受けることになる——これがたまらぬことなのだ。

もろい、気まぐれな、たわいのない生きもの——電報に投げ倒され、手紙にひき起こされ、活を入れられ、手紙のあとの静けさに、ただ気が抜けたままでいる。

あいかわらずわたしに理解できないのは、書くことのできる者はほとんどだれでも、苦痛のなかでその苦痛を、客観化できるということだ。たとえばわたしは不幸のなかで、おそらくはまだ、燃えるような不幸の頭をかかえていながら、それでもなおかつ机にすわって、わたしは不幸だ、とだれかに文字で伝えられるのである。いや、わたしはなおそれ以上に、いろいろとちがった美辞麗句をつかい、不幸とはなんの関係もないらしい才能しだいで、かんたんにやら、対照的にやら、あるいはまた、いろいろと頭にうかぶ連想の全オーケストラでやら、とにかくそれについてものを書きつづっていけるのだ。そして、それはぜんぜん嘘ではなく、苦痛をしずめもせず、ただたんにある瞬間における、恩寵のような力の過剰にすぎないのだ。ところがしかし、苦痛はわたしの存在をかきむしって口をあけ、ほかならぬその瞬間には、わたしの存在の奥の奥まで、はっきりと根こそぎわたしの力を、使い果たしているはずなのだ。いったいそれでは、どんな力の過剰なのだろうか?

平和なときには、おまえは前進せず、戦争のときには、血を流して病みおとろえる。

森への道。それを自分のものにしたわけでもないのに、おまえはすべてのものを破壊してしまった。どうやって、またつなぎ合わせようというのだ? さまよう魂に、そんな大仕事のための、どんな力がまだ残っているというのだ?

結核患者が子供をもつことは、そうやたらに罪深いことではない。フローベールの父親は結核だった。二者択一。つまり、子供の肺が笛を吹くようになるか(医者が胸に耳をあてて聞こうとする音楽、その音楽のためなら、これは非常に美しい表現だ)、その子がフローベールになるかのどちらかだ。それについて、宙でいろいろ相談しあっているあいだ、父親はふるえている。

『村医者』のような仕事からは、わたしもまだ、しばしの満足を感ずることができる。まだああいうような作品を、うまく仕上げられるとしての話だが（まったくありそうにもないことだ）。しかし幸福とは、幸福とはわたしが、この世を純粋なもの、真実なもの、不変なものに高めることができるときだけ、得られるものである。

わたしたちがおたがいにふるいあってきた鞭は、この五年のあいだに、痛い結び目の実を、たくさんみのらせてしまった。

Fとの会話の見取図。
わたし――じゃあわたしが、こんなにしてしまったわけだ。
F――こんなにしてしまったのは、わたしよ。
わたし――きみをそんなにしてしまったのが、わたしなんだ。
F――ほんとね。

死にならわたしも身をゆだねよう。信仰の名残り。父への復帰。大いなる和解の日。

Ｆへの手紙、おそらくは最後の手紙（十月一日）から。自分のもっている最終目標という点からわたし自身を検討してみると、そこからつぎのようなことが明らかになるのです。つまり、わたしは本来よい人間になろうとか、最高の法廷に適応しようとか努めているのではなく、わたしが努めているのはそれとはまったく反対に、人間社会や動物社会全体を概観し、その基本的な偏愛や願望や道徳的な理想などを認識して、それらをかんたんな規定に還元し、その方向にそってわたし自身をできるだけ早く発展させようということであり、その発展の結果、わたしがだれにでもみんなに気に入られるようになり、しかも（ここに飛躍があるのですが）その気に入られた結果としては、わたしがみんなの愛を失うことなく、結局のところは、火焙《あぶ》りにされないただ一人の罪人として、わたしのなかに宿っているいろいろな下劣さを、すべての人の目の前に公然とさらけだしてもかまわないようになる、ということなのです。これを要するに、わたしにとってはただ人間の法廷だけが問題なのであり、しかもこの人間の法廷をわたしは欺こう、ただし、嘘をつくことはしないで欺こうとしているわけです。

たいていの犬は、遠くからだれかが歩いてくるだけで、もう意味もなく吠えたてる。最良の番犬ではないかもしれないが、それでもりこうな犬のなかには、よくこういうのがいる。おちつきはらって見知らぬ者に近づき、鼻をならしてくんくんかぎまわり、あやしげなにおいがしてから、はじめて吠えたてるのだ。

決定的なことはわたしはまだ書きこんでいない。わたしはまだ、二本の腕のなかで流れている。待っている仕事は、実に途方もないのだ。

（一九一九年）

リーガー公園に行った。ジャスミンの茂みぞいにJ（ユーリエ・ヴォホリゼクのこと）と行ったり来たり。嘘でもありほんとうでもあった。溜息は嘘であり、結ばれ、信頼し、守られているのは、ほんとうだった。おちつかない心臓。

絶えずおなじ考え、欲求、不安。それでもしかし、ふだんよりはおだやかで、一つの大きな発展が行なわれており、その遠い戦慄をわたしが感じてでもいるかのようだ。言い過ぎである。

またまたこのやりきれない長いせまい割れ目を、ひきずられてゆく。本来夢のなかでしか抑えきれない割れ目なのだ。もちろん目ざめていて、自分の意志でなら、けっしてそうはできないだろう。

月曜の祭日は、果樹園、レストラン、美術館。苦悩と喜び、罪と潔白が、解きがたく組み合わされてしまった二つの手のようだ。切り離すのには、肉と血と骨とを断つほかはない。

（一九二〇年）

彼には、自分のすることがすべて、異常に新しく思われる。それが、生の新鮮さをもたないものであるとしたなら、それは自らの価値にしたがって、なんとしても古い地獄の沼から生じたものであるほかなかろう。これは彼にも分かっている。しかしその新鮮さが彼の目をあざむき、彼にそのことを忘れさせたり、気軽く受け取らせたり、あるいは見ぬきはさせながらも、痛みを感じないですまさせるのだ。だが今日は疑いもなく、進歩が、さらに進もうとしはじめる今日の日なのである、と彼は思う。

人生の迷信と原理と可能化。

悪徳の天国によって、美徳の地獄が獲得される。そんなにたやすく？　そんなに汚ならしく？　そんなにやりきれなく？　迷信はかんたんである。

彼の後頭部からは、弓なりに一部が切りとられている。日の光とともに、全世界がそのなかをのぞきこむ。これが彼をいらだたせ、仕事から気をそらせる。それにまた彼は、ほかならぬ彼自身が、この見物《みもの》から締め出されていなければならないのが、腹にすえかねるのだ。

つぎの日に監獄ぐらしが、まだそのまま変わらないでいても、いやそれどころか、もっときびしくなっても、いや、たとえはっきりと、おまえの監獄ぐらしはけっして終わるものではないぞ、と断言されたとしても、なおかつそれは最後の決定的な解放の予感を、打ち消すものではない。むしろすべてが、その最後の決定的な解放の、必要不可欠な前提でありうる。

（一九二一年）

たえず発端だという不幸。いっさいのものがただ発端にすぎず、発端ですらもない、ということにはどんな錯覚ももてない。それを知らないで、たとえばフットボールをやり、いつかはきっと「前に進もう」とする連中の愚かしさ。自分自身の愚かしさを、棺のなかに埋めるように、自分のなかにうずめこみ、それをほんとうの棺なのだ、つまり人が持ちはこび、開き、こわし、交換することのできる棺なのだ、と思っている連中の愚かしさ。

上の公園で、年若い女たちのあいだにいた。うらやましくはない。彼女たちの幸福を、自分もいっしょに味わうだけの、充分な空想力もあれば、わたしがこの幸福には、あまりに弱すぎると、それを知るだけの充分な判断能力もあり、自分の状況と彼女たちの状況を、見ぬいていると思うだけの、充分な愚かしさもある。いや、愚かしさは充分でなく、小さな隙《す》間《ま》がそこにはあり、ひゅうひゅう鳴りながら風がとおって、完全な共鳴をさまたげている。

運動選手になろうという、大きな願望をわたしがもつなら、それはきっと、天国に昇って行って、そこでいまこの地上でとかわらずに、絶望していることが許されますように、と望むようなものである。

わたしの素質がどんなにみじめなものであろうとも、「おなじ境遇のもとでなら」（とくにまた、意志が薄弱だという点を顧慮すると）およそこの世でもっともみじめなものであろうとも、それでもなおかつわたしは、たとえわたしの使う意味でであれ、それで最善のものを得られるように、努めなければならない。こんな素質では、たった一つのものしか得られない、だからまたこのたった一つのものが、最善なものでもあるわけで、それがすなわち絶望なのだ、などというのは空疎な詭《き》弁《べん》である。

わたしはなにひとつ役に立つことを習得せず、——これと関連することだが——わたし自身を肉体的にも衰弱させてしまったが、そのうらにはある意図がひそんでいるのかもしれない。わたしは気をそらされないでいたかったのだ。役に立つ健康な男の生きる喜びによって、気をそらされたくなかったのだ。病気と絶望とならば、少なくともそれほどには、気をそらさないだろう、とでもいうように！　わたしはこの考えをいろいろな仕方でうまく仕上げて、わたしの有利になるように結末をつけることができる。しかし、わたしはそうしようとは思わないし、——少なくとも今日と、今日ばかりでなくたいていの日には——わたしに有利な解答などは信じない。

わたしは個々の夫婦を、うらやましいとは思わない。わたしはただすべての夫婦をうらやむだけである。——たとえわたしがただ一組の夫婦をうらやむようなときでも、実のところわたしはそのかぎりもなく多くの姿での、夫婦生活の幸福全体をうらやんでいるのであり、ただ一個の夫婦生活の幸福となると、きっといちばん好もしい場合でさえも、絶望することになるだろう。

内的な状況が、わたしの内的な状況と似ているような人たちがいる、とはわたしは思わない。しかしそれにしても、わたしはそういった人々を想像してみることはできる。だが彼らの頭のまわりに、わたしの頭のまわりとおなじように、たえずひそかな烏《からす》が飛んでいる、とはどうしても想像してみることさえできない。

わたしが長い年月とともに、わたし自身を組織的に破壊してきたことには、驚くべきものがある。それは徐々に進行していった堤防の決壊のようなものであり、意図に満ちた行為なのである。それを完成させた亡霊は、いまや勝利の祝宴をはらなければならない。なぜ彼はわたしを、その祝宴に加わらせないのだろう？　だがもしかすると、彼はまだその意図を、すっかり達成してはいないので、そのために他のことは、なにひとつ考えられないでいるのかもしれない。

永遠の子供時代。またもや生の呼び声。

これは充分考え得ることなのだが、もしかすると生の輝かしさは、だれの周囲にもまたいついかなるときにでも、完全に充実した形で用意されており、ただしかしそれがおおいかくされて、深いところにあり、目には見えず、非常に遠いところにあるのかもしれない。がしかし、そこにあることはあるのであり、敵意もなく、反感もなく、つんぼでもないのである。ちゃんとそれにふさわしい言葉と、ふさわしい名前で呼べば、やってくるのだ。これが魔術というものの本質で、つくりだすのではなく、呼ぶのである。

荒野の道というものの本質。自分の有機的な組織の民族指導者として、起こっていることについては、ほんのわずかな意識の残りしかもたず（それ以上は考えられない）、この道を歩いてゆく一人の男。彼は一生涯、カナンの地のにおいにひかれている。彼がそのカナンの地を、ようやく死の直前になって、目にすることになっていた、とは信じがたい。こうした最後の希望には、人生がいかに不完全な瞬間であるかということを、描き出して見せるための意義しかあり得ない。そして、なぜ不完全かといえば、このような人生は果てしもなく続きかねないし、しかもそこから生みだされるものは、またまた一瞬以外のなにものでもないだろうからである。モーセがカナンの地に至れなかったのは、彼の生涯が短かすぎたためではなく、それがすなわち人生であるからなのだ。このモーセの五書の最後には、『感情教育』の最後の場面と似た点がある。

生きながら人生とうまく決着をつけられない人間は、その自分の運命ゆえの絶望を、少しばかりふせぐために——こんなことはひどく不完全にしかできないのだが——片方の手を必要とするが、しかしもう一方の手では、くずれた残骸の下に自分が見るものを、書きつけてゆくことができる。というのも彼は、ほかの人たちとは別なものを見、ほかの人たちよりも、もっと多くのものを見るからである。生きているときに死んでおり、しかも実は生き残っている者なのだ。その際前提となっているのは、彼が絶望との戦いのために、両手と、彼の持っているもの以上のものを、必要とはしないということである。

痙攣《けいれん》的な短い眠りのなかで、夢がしばしのあいだ痙攣的に、かぎりもない幸福のうちにわたしをつかまえていた。いろいろの枝葉《えだは》にわかれた夢で、無数の関係を含んでいたが、それがいっきょにして同時にあきらかになるのだった。基本的な感情の思い出はほとんど残らなかった。

わたしの兄か弟が、犯罪をおかした。殺人をおかしたらしかった。わたしとほかの者たちが、この犯罪に加わっていた。処罰と解決と贖罪《しょくざい》とが、遠くから近づいてきた。それが近づいて、ぐんぐん大きくなってくる。いろいろな徴候からおして、それが近づいてくるのを、とめることができないのが分かった。妹だと思うが、妹がこの徴候を逐一告げ知らせており、わたしはそのたびごとに、気の狂ったような歓迎の叫び声をあげていた。近づけば近づくほど、気の狂いかたははげしくなる。わたしの一つ一つの叫び声や短い言葉は、ひどくあざやかなものだったので、けっして忘れることはできないだろうと思っていたが、いまはもうどれ一つとして、はっきり覚えてはいない。ただの叫び声になるほかはなかったのだ。というのも、ものを言うためにはたいへんな苦労がいり、頰《ほお》をふくらませてから、歯が痛いときのように、口をねじまげなければ一言《ひとこと》も出なかったのだ。処罰が到来し、わたしがその処罰を、なんのこだわりもなく、心から納得し、有頂天になって迎え入れたところに、幸福があった。神々をも感動させざるをえない光景であり、その神々の感動をも、涙をうかべるばかりになって、わたしは感じとるのだった。

彼は家のなかにはいってゆくことが、できないでいた。というのも、ある声が聞こえたからであり、その声は彼に、「待っていろ、案内してやるまでは！」と言ったのだ。で彼は、あいもかわらず家の前の埃《ほこり》のなかに横たわっていた。おそらくもうなんの見込みもなかったのだが（と、サラ（アブラハムの妻）なら言うだろう）。

すべてのものは幻想である。家族、事務所、友人、道路、すべてのものが、遠いなり近いなりの幻想である。女もだ。いちばん身近な真実は、ただこれだけ、つまりおまえが、窓もなくドアもない独房の壁に、頭をおしつけているということだ。

玄人、専門家、つまり、自分の持ち分のことを知っている人間。ただしかしその知識は、伝えることはできないけれども、幸いなことにまた、だれにとっても必要ではないようだ。

両親がトランプをしていた。わたしはひとりでそこにすわり、まるで縁のない心持だった。父が言った、いっしょにトランプをやるか、さもなければせめて勝負を見ていたらどうだ、と。わたしはなんとか言いのがれを言って逃げた。子供のときからそうやって、何度でも拒絶をくりかえしているわけだが、いったいそれは何を意味しているのだろう？　人の仲間にはいった、いわば公《おおやけ》の生活が、勧誘によってわたしのために門を開かれ、このわたしでも、仲間の一人としてみんなから求められる仕事は、上出来にとはいわないまでも、まあまあのところまでやれたはずなのだし、トランプ遊びにしたところで、そうそう退屈なばかりでもないのだろうが——それでもわたしは拒絶したのだ。それから判断すれば、生の流れが一度もわたしをとらえなかったとか、わたしは一度もプラハを離れられなかったとか、スポーツにも手仕事にも出あわなかったとか、そんな種類のことを嘆いてきかせるのは、当を得ない話なのだ。たとえ、そういう申し出を受けたとしても、トランプに誘われたときとおなじように、わたしはみんな断わってしまったにちがいない。はいってゆくことになったのは、無意味なことばかりで、法律の勉強だとか、事務所だとか、それにあとになってからは、庭仕事だとか大工仕事だとか、そんな種類の無意味なつけ足しばかりで、このつけ足しがどう解釈できるかといえば、ちょうどそれは貧しい乞食を戸口から追いはらい、一人で慈善家遊びをやらかして、自分の右の手から左の手へと、施しものを与えている男のやり口とおなじなのである。

わたしはしかしいつでも拒絶してきたのだが、それは一般的な弱さのせいや、とくにまた意志の弱さのせいらしかった。ずいぶんあとになってから、やっとわたしにはそれが分かったのだ。以前にはわたしはこの拒絶を、たいていはいい徴候だと考えたが（わたしが自分自身に、一般的な大きな希望をかけていたので、その希望に誘惑されたのだ）、いまではこんな気のいい解釈は、ただわずかに残り滓《かす》しか残っていない。

その後数日のうちのある晩、わたしは母のスコアをとりながら、ほんとうに仲間入りをしてみた。

しかし、近しさが増すようなことはなかった。たとえその痕跡があったにしたところで、それはうずたかい疲労や、退屈や、失われた時間にたいする悲哀の下に、埋められてしまった。どうせいつでもこうなったことだろう。孤独と共同社会とのあいだにあるこの国境の国を、わたしはごくごくまれにしか踏みこえたことがない。それればかりでなく、わたしは孤独そのもののなかよりも、この国境の国のほうに、よけいに住みこんできたのだ。これに比べてみれば、ロビンソンの孤島も、なんと生き生きとした美しい国だったことだろう。

わたしの内部には吝嗇漢《りんしょくかん》、(『吝嗇漢』の上演だとか、作品だとかを言いたいのではなく)吝嗇漢そのものになりかねないいろいろな可能性がある。必要なのは、すばやい決然とした手さばきだけだ。そうすればオーケストラの全員が、指揮台の上、タクトが振りあげられようとするその一点に、心をうばわれながら目をこらす。

完全な困窮の感情。

確然とした限界づけの輪郭があり、ものを言って、眼を光らせているこの肉体たちに、なにかの品物、たとえばおまえの手にあるペン軸によりも、おまえをもっと緊密にむすびつけているものは、いったい何なのだろう? おまえがその肉体たちと同類だから、とでもいうのだろうか? しかし、おまえは彼らと同類ではない。同類ではないからこそ、こんな質問を投げかけることにもなったのだ。
人間の肉体たちに、確然とした限界づけの輪郭があることは、ぞっとするほどおそろしい。没落してしまわないことの、つまりは黙して語らぬ導きの、その奇妙さ、解明しがたさ。これが不条理へとかりたてる。つまりこうだ。「わたしとしては、とうにもう破滅してしまっていたでしょう」と。わたしとしては、なのだ。

世界の法を蔑視しながら、その世界に意のままに権力を行使すること。法を課すこと。その法を忠実に守ることの幸福。しかし、世界にただ法だけを課して、ほかのすべてのものは旧来のまま、ただし新しい法の制定者だけは自由であるように、などと言ってもそれは無理である。これでは法でなく、恣意であり、反逆であり、自分で自分に下《くだ》す有罪判決だ。

果てしない陰気な日曜日の午後。あらゆる年月を食いつくして、長い年月からできあがっている午後。ときに絶望して人気のない街を歩き、ときに心やすらいでソファに横たわる。ほとんどたえまなく流れすぎてゆく、色のない意味のない雲を見て、ときおり驚きあやしむ。「おまえは明日の偉大な月曜日のために、守られ貯えられているのだ!」「なるほどね、だがこの日曜日は、けっして終わりはしないのだ。」

自己観察への、のがれがたい義務づけ。わたしがだれかほかの者から観察されていれば、わたしももちろんわたしを観察しなければならない。ほかにはだれからも観察されていないのなら、それだけいっそう精密に、わたしがわたしを観察しなければならない。

わたしに敵対していたり、わたしなどはどうでもよくなったり、わたしが荷厄介になったりする者は、だれでもたやすくわたしをふり切れるので、その点はうらやんでしかるべきである。（おそらく、それが生死にかかわらない、という前提のもとでだ。一度それがFの生死にかかわるように見えたとき、わたしをふり切ることは容易でなかった。もっともわたしもあのころは若くて力があったし、わたしの願望にも力があった。）

四たびわたしをたずねてきたあと、M（ミレナ・イエシェンスカのこと）は行ってしまった。明日ここを発つのだ。苦しい日々のうちでの、いくらかおちついた四日間。彼女の出立を悲しんでいない、ほんとうは悲しいはずがない、という地点から、でもやっぱり彼女の出立のせいで、際限もなく悲しいという地点まで、これは実に長い道のりだ。だがもちろん、悲しみは最悪のことではない。

両親の部屋で手紙書き。没落というもののいろいろな形は、想像を絶している。――最後にこんなことが頭にうかんだ。わたしは子供のころ父に打ち負かされた、そしてそれ以後は、何度でもくりかえして打ち負かされるにもかかわらず、虚栄心から、長い年月をとおして、その戦場を去ることができないでいる、と。——たえずM、かあるいはMでないこと。しかし、いずれにしても一つの原理であり、闇のなかの光である。

ある手紙から。「わたしはこの悲しい冬に、それで身をあたためています。」隠喩《メタファー》は、書くことのうちでわたしを絶望させる多くのものの一つだ。書くことの非独立性。暖炉に火をたく女中に依存し、炉ばたでぬくもる猫にも依存し、身をあたためるあわれな老人たちにさえ依存している。これらすべてのものは独立した、自律の機能である。ただ書くことだけが、どうにもならず、自分自身のうちに住んでなく、ざれごとで絶望なのだ。

もっとよく考えて見るべきこと。
ラーベ（作家ヴィルヘルム・ラーベ（一八三一—一九一〇）のこと）は死にぎわに、彼の妻が額《ひたい》をなでると言った、「これはいい。」
歯のない口で、孫に笑いかける祖父《おじいさん》。

平気でこう書きつけられるのは、まぎれもなく一種の幸福である。「窒息は、想像もつかないほどおそろしい」と。もちろん、想像もつかぬほどだ。そうだったらまた、なんにも書きつけたりはしなかったはずなのだから。

（一九二二年）

先週は一つの崩壊のようなものだった。こんなに完全な崩壊は、ただ二年前のあの一夜にあっただけだろう。ほかの例は体験していない。すべてがおしまいになったように見え、今日になってもまだぜんぜん、すっかり変わったようには見えないのだ。二通りのとらえかたをすることができるが、まだおそらく同時にこうとらえることもできるだろう。

第一に、崩壊。眠ることもできず、さめていることもできず、生に、いやもっと正確に言うならば、生の連続に、耐えることができない。二つの時計が一致しないで、内部の時計は悪魔的な、ないしは魔神的な、ないしはとにもかくにも非人間的な調子で、つき進んでゆき、外部の時計は、とどこおりながらも、ふつうのあゆみを続けてゆく。これでは二つのちがった世界が、別れてゆくよりほかになにが起こり得よう。それでその二つの世界は、別れてゆくか、それとも恐ろしい調子で、少なくともたがいに引きずりあってゆく。内部の進みぐあいがこんなに野蛮なのは、いろいろな理由があるだろうが、そのもっとも顕著な理由は、自己観察である。この自己観察は、どんな表象をも休ませず、その一つ一つを追いあげて、そのあとはまた、自分も一つの表象として、新しい自己観察により、さらに先きへと駆りたてられてゆく。

第二にこの駆りたては、人類から外へ出てゆく方向をとった。大部分のところは、以前からわたしに強制的に押しつけられていたものであったが、一部は自分でも求めていた——しかしこれとても、強制以外の何ものであろう——孤独、それがいまはまったく明瞭なものとなり、極限にまで達している。その孤独は、どこに通じているのか？　その孤独は——これが、ぜんぜん異論の余地のないことと思われるのだが——狂気に通じているかもしれないのである。だからそれについては、これ以上なにも言うことはできない。駆りたては、わたしの内部を貫いて行なわれ、わたしをずたずたに引きさく。あるいはしかし、わたしにできる——わたしにできる？——のは、ほんのちょっとであれ、身をまっすぐに立てていることで、そうなればわたしは、この駆りたてによって、ただ身を運ばれるままにまかせる。そのときは、どこへゆくことになるのだろう？　「駆りたて」というのは、もちろんただ一つの比喩にすぎない。「最後の地上的な限界に対する突進」と言うことも、できるわけだ。それも、下からの突進であり、つまり人間からの突進であるが、これもまたたんに一つの比喩にすぎないから、それのかわりに上からの突進、つまりわたしの頭上におりてくる突進の比喩、それを用いることもできるのである。

この文学全体が、限界への突進である。そして、この文学は、シオニズムがあいだにはいりこんできさえしなかったなら、かんたんに新しい秘教、カバラのようなものにまで、発展できるところだったのだ。そのスタートはもう切られているのである。ただしかし、われわれには理解できないような一人の天才が、ここで要求されている。あらたにその根を、過ぎ去った諸世紀のなかにはりひろげ、あるいは逆に、過ぎ去った諸世紀をあらたに作り出しながら、そうした仕事で力を使い果たしてしまうことなく、そのときはじめて力を発揮しだすような天才、それが要求されているのだ。

一瞬、こう考える。おまえは満足するべきなのだ、学ぶのだ（学ぶのだ、四十男よ）、瞬間のなかにやすらうことを（いや、かつてはおまえもそうできたのだ）と。そうだ、瞬間のなかに、おそろしい瞬間のなかにやすらうのだ。瞬間がおそろしいのではない、ただ未来に対する怖れが、瞬間をおそろしいものにしてしまう。それから、過去をふりかえること、これももちろんだ。いったいおまえは、性の贈物をどうしたというのだ？　あれは失敗だった、と結局人は言うだろう。そして、それだけでおしまいだろう。だがしかし、かんたんに成功することもできたのだ。たしかに小さなことが、目にもとまらぬ小さなことが、それを決定してしまったのだ。それがなんだというのか？　世界史上の大決戦も、こんなものだったのだ。小さなことが、小さなことの運命を、決定するのだ。

Mの言うとおりだ。怖れが不幸の種なのだ。しかし、だからといって、勇気が幸福の種ではない。怖れのなさ、これがそうなのだ。勇気ではない。勇気というのは、おそらく実力以上のことを欲するからだ（わたしのクラスで勇気のあったのは、二人のユダヤ人ぐらいのものだったろう。ところが二人ともまだ中等高等学校《ギムナージウム》のうちか、卒業したすぐあとで、ピストル自殺をしてしまった）。だから、勇気ではなく、怖れのなさ——おちついて、よく目をひらいて見、すべてに耐えている怖れのなさ、これが幸福なのだ。何ごとにも、自分を強いるな。がしかし、おまえが自分を強いないことにも、あるいはまた、おまえがそうしなければならないときには、やはり自分を強いざるを得ないことにも、不幸を感じるな。そして、おまえが自分を強いないからといって、たえず強制の可能性のまわりを、もの欲しげに走りまわるようなことはするな。そりゃあもちろん、こんなにはっきりしたことはまだ一度もない。いや、ちがう、いつでもこんなにはっきりしていたのだ。たとえばこうだ。性がわたしを駆りたて、日夜わたしを苦しめ、それを満足させるためには、わたしは怖れと恥ずかしさと、それにまたおそらくは悲しみにまでうち克たなければならない。しかし、その一方でまたはっきりしているのは、すばやく手近に喜んで提供される機会があれば、すぐにわたしが、怖れもなく、悲しみもなく、恥ずかしさもなく、それを利用するだろうということだ。そうなると、いままでに述べたところから、どうしてもこういう掟《おきて》が残ることになる。つまり、怖れ等々は克服しない（しかしまた、克服という考えをもてあそびもしない）、がしかし、機会が訪れなくても、嘆いたりはしない）という掟だ。もちろんこの「行為」と「機会」のあいだには、中間物がある。つまり、「機会」をみちびきよせ、おびきよせることだ。それはここでばかりでなく、残念ながらいたるところでわたしがしたがってきた実地の行為だ。「掟」からは、これに反対する声はほとんどおきない。がしかし、この「おびきよせ」は、とくにそれが役立たずの手段で行なわれると、「克服という考えをもてあそぶ」ことに、ひどく似てきてしまうし、おちついて、よく目をひらいて見る怖れのなさなどは、もうそのなかに微塵《みじん》もなくなってしまう。これはたしかに、「掟」とは「文字どおり」一致するのだが、それでもなにか忌《い》わしいものであり、絶対に避けるべきことがらである。となるともちろん、それを避けるためにはまた強制が要《い》ることとなり、どうしてもこれでは結末に到達できないのだ。

昨日いろいろ確認したことがらは、今日何を意味しているだろう？　昨日とおなじことを意味している、というのは事実だが、ただしかし違うのは、掟の大きな石のあいだの溝《みぞ》で、流れていた血が、洩れてなくなってしまったことだ。

自分の子供の揺籃《ようらん》のかたわらに、その子の母と向かいあってすわる、ということの限りない、深い、あたたかい、心を洗う幸福。

そこにはまた、こういう感情もいくらかふくまれている――もうおまえが問題ではない、おまえがそれを欲しない以上は。これに反して、子供のない者の感情はこうだ――おまえが欲しようと欲しなかろうと、たえずおまえが問題なのだ、最後までどの瞬間も、神経をさいなむどの瞬間も、たえずおまえが問題なのだ、でも収穫はないのだが。シジフォスはひとり者だった。

べつに悪いことではなかった。敷居を越えてしまえば、すべてがよくなる。別の世界だ、おまえは何も語る必要がない。

襟首《えりくび》をひっつかまれ、往来を引きずられ、戸口のなかに突き入れられた。図式的にはそのとおりだが、事実はそこに抵抗する力があり、その力がほんのちょっとだけ——命を保ち、悩みを保つほんのちょっとだけ——相手より野蛮さが少ないのだ。わたしはその両方の犠牲である。

この「あまりにも静かな」こと。まるでわたしには——なにか肉体的に、長い年月の苦悩の結果として（信ずること！　信ずること！）、なにか肉体的に——安らかに創造する生活の可能性が、つまりは創造的な生活全部が、閉ざされてしまっているかのようである。というのも、わたしにとって苦悩の状態とは、それ自身のなかに閉ざされ、ありとあらゆるものに対して閉ざされた苦悩、それ以外のなにものでもなく、それ以上のなにものでもないからである。

田園への憧れ？　それはどうもたしかではない。田園が憧れをかきたてるのだ、限りない憧れを。

Mがわたしについて言ったことは正しい。つまりは、こういうことなのだ、「みんなたしかにすばらしい。ただわたしにとってはそうでない、正当なことにも。」正当なことにも、とわたしは言い、わたしが少なくともこの信頼感だけは持っていることを示すのだ。それともわたしには、その信頼感さえないのだろうか？　というのも、わたしは本来「正当さ」などは問題にしていないからだ。人生は説得力にみちみちていて、そこにはもう、正不正などのための、場所がないのである。絶望的な死の瞬間に、正不正のことなどを、瞑想したりはできないように、絶望的な人生でも、それはやっぱりできないことなのだ。矢は、自分の射ぬいた傷に、ぴったり合えば、それで充分なのである。
これに反して、世代についての一般的な酷評は、わたしになんの痕跡もないものである。

わたしの知っているかぎり、だれの課題も、こんなに困難ではなかった。こう言うことができるかもしれない――それは課題ではない、課題たることが不可能な課題ですらもない、それは不可能そのものですらもない、それは無だ、それは石女《うまずめ》の希望ほどに子供ですらもない、と。しかし、やっぱりそれは、わたしが息をしなければならないかぎり、そのなかで息をしている空気なのだ。

わたしは真夜中すぎに寝入って、五時に目をさました。常ならぬ出来ばえ、常ならぬ幸福、そのうえわたしはまだ眠かった。この幸福は、しかしわたしの不幸だった。というのも、防ぎようのない考えが、すぐに湧いてきたのだ。こんなにたくさんの幸福には、おまえはとても値しない、と。復讐の神々が、総出でわたしの上におそいかかり、わたしは彼らの頭目《とうもく》が、指を獰猛《どうもう》にひろげてわたしをおどし、あるいはまた、すさまじい調子で、シンバルをたたくのを見た。七時までの二時間の興奮は、わたしが眠りから得たものを、みんな食いつぶしてしまったばかりでなく、わたしを一日中おののかせ不安にさせたのだった。

祖先や結婚や子孫を、はげしく欲しがりながら、祖先もなく、妻もなく、子孫もない。祖先、結婚、子孫　みんなわたしに手をさしのべているのだが、わたしには遠すぎる。

そのすべてに、なさけない人工的な代用品がある、祖先、結婚、子孫そのすべてに。痙攣《けいれん》しながらその代用品を創りだし、もうその痙攣でくたばってしまわなければ、代用品の悲しい味気なさで、くたばってしまう。

Mにあの夜のことを話した。しかし、充分にではない。徴候をうけ入れるのだ。徴候を嘆かずに、苦しみのなかに降りたってゆくのだ。

事務所の、老若とりまぜ結婚している男たちの幸福。わたしには手のとどかないものだ。たとえ手がとどくにしても、わたしには耐えられないし、それでいてわたしがそれに満足する素質のある、たった一つのものなのだ。

生まれる前のためらい。魂の生まれかわりというものがあるならば、わたしはまだいちばん下の段階にもいないのだ。わたしの生涯は、生まれる前のためらいである。

すえつけのよさ。わたしはきまった仕方で発展したいとは思わない。わたしは他の場所を望んでいるが、それはほんとうはあの「どこか他の星へ行きたがること」なのだ。それには、わたしのすぐとなりに立てば充分だろうし、わたしの立っているその場所を、別の場所だと思えれば、それで充分だろう。

今朝こう考えた。「こういうふうにしてゆけば、おまえもおそらく生きていけよう。あとはただこの生活を、女たちから守ることだ。」女たちから守ることだ、とはいうものの、「こういうふうにしてゆけば」というそのなかに、もう女たちがはいっているのだ。

あなたがわたしを見捨てたと言えば、ずいぶん不当なことだろう。でもわたしが見捨てられていたということ、それも一時はひどく見捨てられていたということ、これはほんとうなのだ。

「決心」という意味ででも、わたしには自分の状況に、際限もなく絶望している権利がある。

シュピンドラーミューレにて。二人乗りの橇《そり》、ぶちこわされたトランク、ぐらつく机、悪い照明、ホテルで午後休めないこと等々、不器用さとまじりあったこの不幸には、超然としていなければならない。しかしこれは、無視していて、できることではない。というのも、無視するわけにはいかないことだからである。これは、新しい力をひきよせて、はじめてやりとげられることなのだ。ここにはしかし、いろいろな不意打ちがある。それは、もっとも慰めなき人間といえども、認めざるを得まい。つまり経験にしたがえば、無からも何かが生じうるのであり、荒れ果てた豚小屋から、御者が馬をひいて、這い出してくるかもしれないのである。

橇で走ってゆくあいだに、ぼろぼろくずれ落ちてゆく力。体操選手が逆立ちをするように、人生をしつらえるわけにはいかない。

書くということの、奇妙で秘密にみちた、おそらくは危険で、おそらくは心を救う慰め。つまりこれは、殺人者の列からとびだすことであり、行為を観察することだ。行為の観察といっても、そこにはより高い種類の観察が作られるのであり、それは、より高い観察ではあっても、より鋭い観察というわけではない。そしてその観察が、高くなればなるほど、つまり、「列」から手がとどかなくなればなるほど、その観察はますます独立したものとなり、ますますもって運動固有の法則にしたがいながら、その道は、ますます予測しがたいもの、喜ばしげなもの、立ちのぼりゆくもの、となるのである。

ホテルには、わたしの名前をはっきり書いて手紙を出したにもかかわらず、それからまた、ホテルから来た手紙にも、二度正しい宛名が書かれていたにもかかわらず、下のフロントのリストには、ヨーゼフ・Kと書いてある。みんなの蒙《もう》をひらいてやるべきだろうか、それともわたしのほうがみんなに、蒙をひらいてもらうべきなのだろうか？

肺炎待ちである。母のために恐れ、また母や父や所長やその他いろいろな人を恐れているのにくらべると、病気のほうはそれほどひどくこわくはない。その点ではっきりしているように思えるのだが、二つの世界が存在していて、わたしは病気に対してはいかにも無知であり、縁がなく、びくびくもので、それはちょうど、ここの給仕頭《がしら》に対するようなものである。しかしほかの点では、この区別はあまりにも確然としすぎているように思われ、確然としているがために、危険でもあり、悲しくもあり、いばりすぎているようにも見えるのだ。いったいわたしは別の世界に住んでいるのだろうか？そう言う勇気がわたしにあるだろうか？

だれかがこう言う。「生きていたって、わたしにとってどうということはない。ただ家族のために、わたしは死にたくないのだ」と。しかし、家族こそ、生きることを代表しているものであり、したがって彼は、生きることのために生きようとしているわけである。ところでこれは、母に関していうと、わたしにも当てはまるように思える。ただ、それもつい最近になってからのことだ。しかし、わたしをそういう立場にしたのは、感謝と感動ではなかろうか。感謝と感動――なぜならわたしは、母が彼女の年齢にしては果てしもない力で、生きることへのわたしの関係のなさを、なんとか補おうと努めているのを、この目で見ているからなのだ。しかし、感謝もまた生きることなのである。

こう言うと、わたしが母のために生きている、ということになるかもしれない。これはしかし、ほんとうとは言えない。というのも、たとえこのわたしが現実のわたしよりも、なお無限に多くのものであるとしてみても、やはりわたしはただ生から派遣されてきた者にすぎず、他のなにものによってでもないのであるなら、この委託によってこそ、生と結ばれているからである。

否定的なものだけでは、たとえそれがいかに強力であろうとも、やはり充分ではない、とわたしは、自分のいちばん不幸なときに思うのだ。というのも、わたしがきわめて小さな一段をのぼって、きわめてあやしいものではあるにしても、とにかくなんらかの確実さのうちにいたると、そこでわたしは伸びをして、否定的なものが——わたしのあとからのぼってきたりするのを待つのではなく——、その小さな一段ぶんだけ、わたしをひきずりおろすのを待つのである。それゆえ、わたしのためにほんのわずかでも持続的な快適さをこしらえることには、なんとしても我慢ができず、たとえていえば夫婦者のベッドを、まだ出来上がりもしないうちにぶちこわしてしまうのは、一種の防御本能なのである。

素朴な目で見ると、本来的でしかも異論の余地のない、外部のなにもの（殉教とか、他人のために身を犠牲にすることなど）にも妨げられていない真理は、肉体的な苦痛だけである。苦痛の神が、初期の諸宗教の主神でなかった（そして、ようやく後になってから、諸宗教の主神になったかもしれない）のは、奇妙なことである。どんな病人にもそれぞれ守護神があり、肺病やみには窒息の神があるのだ。恐ろしい結合の前に、その神に関与しているのでなかったら、どうして、その神の接近に耐えられよう？

眠れない。ほとんどまったくだ。いろいろな夢に苛《さいな》まれる。まるでその夢がわたしのなかに、いやがる物質のなかに、ひっかき入れられるかのようだ。

弱さであり、欠陥であることははっきりしている。がしかし、叙述するのがむつかしい。臆病、内気、おしゃべり、なまぬるさ、これらのまじりあったものなのだ。わたしはそう言って、ある特定のものを書きかえようとしているのだが、これは弱さの集合体でありながら、ある特別な見地では、明確に性格づけられたただ一つの弱さを表現している（嘘つき、虚栄といったような大きな悪徳とはまじりあわないものである）。この弱さはわたしを、狂気からとおなじく、向上からも遠ざけている。わたしを狂気から遠ざけてくれる代償に、わたしはこの弱さを養っている。狂気がこわいがために、わたしは向上を犠牲にしているが、およそ取引きなどを知らないこの分野では、わたしが丸損をすることは明らかなのである。もしも眠気が口をさしはさまずに、夜昼《よるひる》ないその活動で、障害となるいっさいのものを砕きおとし、道をきりひらいたとしたらどうだろう。そうなるとしかし、わたしを受けとめてくれるのは、またまた狂気だけとなることだろう。なぜならわたしは、欲しいと思ったときにだけ得られる向上を、欲しいとは思わなかったからである。

絶望的な寒さのなかで。変わってしまった顔。理解できない他人。それがどんなにほんとうであるのか、完全には理解できないままに（充分にその理由のある、悲しい高慢というものもあるのだ）、人々とおしゃべりをする幸福について、Mの言ったこと。わたし以外の人々は、どんなにおしゃべりを楽しんでいることだろう！　おそらくもう遅すぎる。珍妙な回り道をしながら、わたしは人々のところへ戻っていくのだ。

彼らの手を逃れた。なにか巧みな跳躍だった。わが家で、静かな部屋の、ランプのもと。いや、そう言ったのは、軽率だった。それは森のなかから彼らを呼びよせる。まるで、彼らの追跡をたすけてやるために、ランプの火をともしでもしたかのように。

Gからの新しい攻撃。ほかのなによりも明らかなのは、このわたしが、右からも左からも優勢な敵軍に攻められて、右へも左へも回避できないということだ。前進あるのみだ、飢えた獣よ、道は、食べられる餌に、吸うことのできる空気に、そして、たとえこの生のうしろでであれ、自由な生へと通じている。偉大なるひょろなが将軍よ、おまえは大軍勢を導いている。おまえのほかにはだれにも見つからない、雪にうずもれた峠道を通り、この絶望した者たちを導いてゆくのだ。だが、だれがおまえに力を与えるのか？　それはおまえに、まなざしの明るさを与えている者だ。

将軍は荒れ果てた小屋の窓辺に立って、見ひらいた閉じることのできない目で、おもての雪のなか、おぼろな月の光をあびて、行進してゆく軍勢の列を見ていた。ときおり彼には、一人の兵士が列から離れて、窓のところにとまり、顔を窓ガラスに押しつけて、瞬時彼の顔を見つめてから、また歩いてゆくような気がした。いつでもそれはちがった兵士だったが、いつでもそれがおなじ兵士のように思われた。顔は骨ばって、頰《ほお》がふくれ、目は丸く、黄色っぽい荒れた肌をしており、立ち去ってゆくときには、いつも革具をきちんとなおし、肩をすくめて、背影のなかにあいかわらず行進してゆく軍勢と、また歩調を合わせるために、その脚を振ってみせるのだった。将軍は、こんな遊びをもうこれ以上はがまんできず、つぎの兵士を待ち伏せすると、その目の前でさっとばかり窓をあけ、男の胸をひっつかまえた。「はいってこい」と将軍は言い、この男を窓からなかに入れさせた。部屋のなかで将軍は、この男を片隅に追いやって、その面前に立ちはだかると、こう聞いた。「おまえはだれだ？」「無であります」と兵士がおずおず答えた。「そんなことだろうと思っていた」と将軍は言った。「なぜおまえはなかをのぞいたのか？」「あなたがまだここにいるかどうか、見てみるためです。」

わたしがいつも出あっていた拒否する姿は、「わたしはあなたを愛していません」という姿ではなく、「あなたはどんなに望んでも、わたしを愛することはできません。あなたは不幸にもわたしへの愛を愛しているのです。わたしへの愛は、でもあなたを愛してはおりません」という姿だった。したがってわたしが、「わたしはあなたを愛しています」という言葉を耳にしたと言うなら、それはまちがいで、わたしはただ待っている静けさだけを耳にしたのであり、その静けさはわたしの「わたしはあなたを愛している」によって、中断されることを望んでいたのである。わたしが耳にしたのは、それだけで、ほかには何もない。

橇《そり》ですべるときの不安、つるつるの雪の上を歩くときのこわさ。今日わたしが読んだ短篇小説が、いつも身近にありながら長いあいだ見すごしてきた考えを、またまた浮かびあがらせてきた。結局のところはやはりただ気の狂った私利私欲が、わたしの身を案ずる不安が、それもより高いわたしの自我を案じての不安ではなく、わたしの卑俗な無事息災を案じての不安が、わたしの没落の原因ではなかろうか、つまりわたしは、わたし自身のなかから復讐者を、送り出していたのではなかろうか（一つの特別な、「左手のすることを右手は知らない」の例だ）。わたしの事務局ではまだあいかわらず計算をやっており、わたしの人生がやっと明日はじまりでもするかのようだが、そのあいだにわたしのほうは、もうおだぶつなのである。

なにもかも根底から自分で作らないではいられない舞台監督。俳優まで彼は、自分で生みださなければ気がすまない。一人の訪問者が面会を断わられる。監督は演劇のたいせつな用件で、手がはなせない、というのだ。なんだろう、それは？　監督は未来の一俳優のおむつを替えているのだ。

目に立たない生涯。目に立つ失敗。

わたしは白状して認めるが――だれに白状するのだ？　手紙にか？――たしかにわたしのなかには可能性が、わたしのまだ知らない間近な可能性がある。しかし、その可能性への道を見つけること、そしてもしその道が見つかったら、それをあえて踏み進むこと、それが問題なのだ！　可能性があるということ、これは実に多くのことを意味している。それは、一人の無頼漢が高潔な人物に、高潔さで幸福な人物に、なるかもしれないことまで意味している。

悪い午後の睡眠。すべてが変わってしまい、危難がまた身体ににじりよった。

三日間寝たきり。ベッドの前に小さな一座。激変、遁走《とんそう》、完全な敗北。たえずくりかえされる、部屋のなかに閉じこめられた世界史。

昨日は最悪の晩だった。なにもかもおしまいになったかのようだった。

あれはしかし、ただの疲労にすぎなかった。だが今日は、額《ひたい》から汗を出させる新たな攻撃だ。どんなものだろう、自分が自分に閊《つか》えて息がとまってしまったら？　せまりよせる自己観察によって、自分が世界に流れ出ている小さな穴が、あんまり小さくなりすぎたり、すっかり締まってしまったら？ときおりわたしはそんな事態から遠くない。逆流する河。これは大部分が、もうずっと前からはじまっているのだ。

攻撃者の馬を、自分で乗りまわすのに使うこと。これがたった一つの可能性だ。しかしそれは、なんという力と技能を、必要とすることだろう！　そして、もうそれには、なんと遅いことだろう！

森林に住む原住民の生活。幸福で、汲めどもつきせず、しかしあきらかに必要に迫られて（わたしとおなじだ）働きながら、それでいていつでも敵の要求をぜんぶ満たしている、といった自然への嫉妬。しかも、なんとも軽やかで、なんとも音楽的なのだ。

以前は、痛いところがあって、その痛みが消え去ると、わたしは幸福だった。いまはただ気が軽くなるだけで、逆に苦々《にが》しい感じが残る。「またただ健康になったというだけのことか、それだけか」

と。

どこかに助けが待っている。そして、勢子《せこ》たちがわたしをそちらへ向けてゆく。占領した国に逃げてゆき、すぐにまたその国がやりきれなくなる。なぜといって、逃げてゆける先きなどは、どこにもないからだ。

まだ生まれてはいないというのに、もう街を歩きまわって、人々と話をするように強いられている。

殺人犯と処刑についての、夕食の席での語らい。やすらかに息づく胸には、どんな不安も分かっていない。遂行された殺人と、計画された殺人との、その違いが分からない。

午後頬《ほお》に腫瘍《しゆよう》のできた夢。ふつうの生活と、見かけだけはもっとほんとうらしい驚愕とのあいだに、たえまなくふるえて動く境界線。

あの、待ち伏せて人をうかがう様子！　たとえば、医者へ行く道の途中でだ。あそこではしょっちゅうだ。

心のなかの困難から、たとえば中庭のそれのような一つの騒動まで、なんとその道の遠いことだろう。そして、その帰り道の、なんとまた近いことだろう。そこでは、もう故郷《ふるさと》にいるのだから、もう出て行くわけにはいかないのだ。

地獄の規準、五個条（発生的な順序で）。

一 「窓のなかには、いちばん悪いことがある。」ほかのものはすべて天使のようである。はっきりと口に出してか、それともさりげなく（その場合のほうが多い）黙ってそれが認められる。

二 「おまえはあらゆる娘を、所有しなければならぬ！」ドン・ジュアン式にではなく、悪魔の言葉、「性的なエチケット」にしたがってである。

三 「この娘は、おまえが所有することまかりならぬ！」だからおまえは事実所有できない。地獄で見る天国の蜃気楼《しんきろう》だ。

四 「すべてはただ、やむにやまれなさである。」おまえには、やむにやまれなさがあるのだから、それで満足することだ。

五 「やむにやまれなさが、すべてである。」どうしておまえは、すべてを所有できよう？ したがっておまえは、やむにやまれなささえ、持ってはいないのだ。

若いときわたしは（もしも暴力的に性のことどもにつきあてられなかったら、ずっと長いことそのままでいたろうが）、性の問題に関してはまるで無知で関心がなかった。今日のわたしが、相対性原理に関してと、おなじほどにである。ただ小さなことだけが（しかしそれさえも、くわしい手ほどきを受けてからのことである）わたしの目についた。たとえば往来でわたしには、いちばん美しくて、いちばん美しい服を着ていると思えた女たちが、選《よ》りにも選って、悪い女とされていたことなどである。

永遠の青春というのは不可能である。たとえほかには障害がないとしても、自己観察が青春を不可能にする。

鋤《すき》でやる仕事。鋤は深く穴をうがち、それにもかかわらずやすやすと動く。それとも鋤は、ただ地面の面《つら》をひっかく。それとも鋤は、ひきあげたまま役に立たない刃をつけて、ただむなしく動きまわり、刃があろうがなかろうが、どちらでもおなじこと。

仕事は、傷がなおってはいないのに、その傷口が閉じられてしまうように、閉じられる。

相手が黙っているのに、対話の見かけを保つため、相手の言葉をおぎなおうとし、したがってその真似をし、したがって茶化してもじり、したがって自分を茶化してもじりながら、それで対話をしているなどと言えるだろうか。

Mが来ていたが、もう今後は来ない。きっとそのほうが賢明だし真実だろう。がしかし、おそらくまだ一つの可能性が残っており、その閉ざされた扉をわたしたち二人が見張って、あかないようにしている、というかむしろそれより、わたしたちがそれをあけないようにしているのだ。というのも、それはもうひとりでにはあかない扉だからである。

二人でいると、彼は一人のときより、なお孤独を感ずる。だれかと二人でいると、この二人目の者が彼につかみかかり、彼はもう赤児のように、その手に委ねられてしまうのだ。一人でいると、なるほど全人類が、彼につかみかかってはくるのだが、しかしそのさしのばされた無数の腕は、たがいにもつれあってしまい、だれひとり彼のところにまでは至らない。

ある者について、こんなことを言うのは正しくない——あの人はいいご身分だ、辛いことにはほとんど会わないですんだ、と。これより正しいのはこうだ——あの人は、その身になんにも起こり得ないような人だった。いちばん正しいのはこうである——あの人は辛いことをすべて切りぬけてきた、ただしそのすべてをたった一つの共通の瞬間においてでだ。苦悩のヴァリエーションが、実際においてはか、あるいは彼の権力のある言葉によって、完全に汲みつくされてしまっているとき、どうして彼の身になおかつ何事かが起こり得たであろう。

夕方はいつも三七度六分、三七度七分。机にむいてすわりはするが、仕事はなにもできない。街へもほとんど出ない。それでもまだ、病気のことを嘆くという偽善者ぶり。

（一九二三年）

最近はひどい時機ばかりだ。数えあげることもできないほどで、ほとんど絶えまなしだ。散歩、夜、昼、いっさいのものに対して能力がない。あるのはただ、苦痛のためだけだ。

ものを書くのがますます不安になってゆく。それもうなずけることだ。言葉という言葉が、みんな亡霊たちの手のうちで、向きを変えられ――こうしたすばやい手の振り方は、いかにも亡霊たちを思わせるしぐさなのだ――槍《やり》となって話し手に向かってかえってくる。こういう言葉自身が、またとくにそうなのである。しかも、無限にその調子でつづくのだ。なぐさめはただ、おまえが欲しようと欲しまいと、ことは起こるという事実だけだ。そしておまえの欲することは、目にもとまらぬほどわずかの助けにしかならない。なぐさめ以上のものは、おまえもまた武器をもっている、という事実だ。

解説

この本は、読者の幻想と論理をいざなうための書であり、そこに、読者の幻想と論理をいざなう影の人としてフランツ・カフカ（一八八三―一九二四）の姿を浮かびあがらせるための書である。したがって、さしあたりこの本には、はじまりもなければ終わりもない。読者はどこから読みはじめてくださってもけっこうなのである。

この本に選び出されたものは、カフカが書き残しているすべてのアフォリズムと、ほとんどすべてのアフォリズム的表現と、かなり端的に比喩の展開過程を示していると思われる、多くのメモや作品の発端であり、それにまた、直接の生活表明としては、フランツ・カフカという人物を、いかにもよく示していると思われる若干の個所である。ただし編者は、一方でこうしたものを自由に選び出しながら、他方では、できるだけカフカ自身の手によって残されたものに、短縮とか省略とかの手を加えまいとした。そのために三つほどの例外的な場合をのぞき、ここに採りあげられている文章は、ときおりかなり唐突に見え、また尻切れとんぼに見えても、個々の文章に関するかぎり、そしてまた、マックス・ブロートの編集に一応の信頼をおくかぎり、われわれの手に残されたままの形なのである。こうした意図のために、選び出す対象も限定され、作品として発表されたものや手紙類ははぶいて、カフカ全集のうちの二冊の本、『田舎の婚礼準備』と『日記』とになっている。

編者がここで意図していることは、まず第一にアフォリズムによって、モラリストとしてのカフカの思想をできるだけよく知ろうとすることである。一口に言ってしまえば、神ないし絶対的なものの存在を一方で信じながら、その存在と自分ないし人間との絶縁を、それよりなお深く信じている者の発言に、耳をかしたかったのである。カフカが理解される作家であるよりも、引用される作家であることは、洋の東西を問わない。順列や配合はともかくとして、できるだけ多くの発言を一どきに起きあがらせて見るならば、もう少しカフカの実体に近づくこともできよう――つまりはまた、われわれの実存の認識も得られよう、というのが編者の最大の望みであった。しかしカフカの場合には、モラリストとしての思想そのものを知るために、というよりは、思想の外延を知るため、といったほうがいい場合も多い。なぜならば、カフカの場合、思想が思想として固定していないということ自体が、大きな思想となってもいるからである。もちろんアフォリズムないしはアフォリズム的表現のなかには、充分の完結性を持ったものが珍しくない。しかしその場合には強烈な逆説が発動して、完結性とこの逆説自体とが均衡を保つことにより、思想が生《なま》のままで、平面的に物ごとを理解しようとするわれわれの日常的な論理力にゆだねられることを、拒否しているのである。その一方で充分なアフォリズム的完結性をそなえていない多くの発言は、幻想が、遠い地平線のかなたへおもむこうとするための窓を持ったものであり、これがまた多くの場合、人を驚かせる比喩の形をとっているのである。

したがって編者がここで意図した第二のことは、思想から比喩の窓を通じて、遠い風景のなかに作品の核がおかれ、それが周囲に結晶作用をひろげて、刻々リアリティを獲得してゆく過程を、可能なかぎり覗いてみることであった。これは多くの場合、第一の願望と密接に結びついたものであるが、それでもカフカの芸術の秘密工場を、なんとかして覗き見してみたいという願望のほうが勝《まさ》ったものであった。比喩を採りあげ、寓話的な要素の濃いものを採りあげたのは、以上の理由によっているのである。

第三に、こうした二つの意図を追ううちに、編者がもともとは意図していなかったにもかかわらず、どうしても数多く採りあげてしまったのが、カフカの直接の生活や人柄を示している個所である。やはり結局のところ、人間は人間に惹かれてしまう。比喩による形象化の努力がぜんぜん見られないような個所でも、カフカが父や母や祖先のことを語ったり、あるいはまた内面生活を綿々と物語っていると、編者はその部分に目をつぶって通りすぎることができなかった。『日記』を扱う以上、当然のことであったかもしれないが、これがカフカの生活環境および人柄を語るものを、かなり採りあげてしまった真因である。

以上のような選択理由からすると、この本には元来「箴言と比喩」といった題名が適当であるべきはずだった。しかし、『日記』からの記事がふえるにしたがって、「実存と人生」という白水社製の表題も、しだいに真実味を帯びてきたようである。ただそれにしても「実存と人生」という表題は、莫大でありすぎる。編訳者としては、将来この表題を充実させるために、一方には、比喩が作品として結晶してゆきながら、寓話的な要素を強く維持している短篇を選んで、カフカの芸術家像を浮かびあがらせるとともに、他方、書くことと生きることとが、カフカにとって、どんなに一致したものであったかを示すため、カフカの生活者像を浮かびあがらせるもう一冊の本を編む必要を感じている。そうすれば、「実存と人生」の名にもっとよく沿い得るであろう、と思うからである。

前述したように編者は、二冊の本からカフカの言葉を選ぶ場合に、これらの言葉を編者の主観で整理することは避け、一応原書の配列のままに順を追っているので（一見してひどく乱雑に言葉が散らされているように見え、一つの発言があまりにも理解しにくい――もともと理解はしにくいのである――と思われる場合には、二つか三つ前の発言にまでさかのぼるか、場合によっては二つ三つあとの話まで読み進んでいただけば幸いである。

はるかに理解しやすくなる場合があるからである）、ここに両書のことを、事実的なことは主にマックス・ブロートの註に従って、説明しておきたい。

『田舎の婚礼準備』は、カフカの遺稿集である。しかし、カフカの場合には、もちろんまたすぐに言葉の意味を訂正してかからなければならない。つまり『田舎の婚礼準備』は、すべてが遺稿であったか、大部分が遺稿であったカフカの残したもののなかでも、とくに遺稿を集めたものとして扱われている一書である。

私がいま手にしている原書（S・フィッシャー、一九六六年版）は、『変身』の先駆的な想念をあらわしていると見られている断片、「田舎の婚礼準備」を含んでいるためにその表題で呼ばれているが、この断片自身は四三三ページの原書のうちでわずかに三二ページを占めるにすぎない。つぎにこの原書のなかでいちばんまとまりのあるのが、六二ページを占める「父への手紙」である。そしてこの両者をはぶいた部分、つまり「罪・苦悩・希望・ほんとうの道についての考察」、「八つ折判のノート」、「ノートと紙片のなかの断章」、それに「補遺」が、編者がいま、カフカの言葉を選び出した対象となっている。

「罪・苦悩・希望・ほんとうの道についての考察」は、カフカ自身の手で整理・浄書されていたものであり、だいたい一九一七年、一八年ごろのものが大部分と見られている。そして、そこに付されている番号も、カフカが自分自身でつけたものである。おなじ番号が二つのアフォリズムについている場合は、二つのアフォリズムがおなじ紙片に書かれていることを示しているし、一つのアフォリズムに二つの番号が付されているのは、もとは二つのアフォリズムであったものから、カフカ自身が一つのアフォリズムを作りだしたものである。＊印をつけたものは、カフカが鉛筆で一度抹消してしまいながら、紙片そのものはそのままにしておいたものであり、おそらく書き改めるつもりでいた、と目されている。編訳者はこの考察を、そのままの形で訳出した。

「八つ折判のノート」は、学校の生徒が使うような青い色のノートで、前記のアフォリズムをはじめ、無数の考察や断片、それにまた数多くの完成した物語を含んでいる。（ただし、これらの完成度の高い作品は、『短篇集』および『ある戦いの記録』の巻のなかに発表されているので、『田舎の婚礼準備』の巻のなかの「八つ折判のノート」からは省かれている。）この「八つ折判のノート」は、カフカの『日記』のほとんどをなしている十三冊の四つ折判ノートの十二冊目と平行してはじまり、カフカがその日記に一九一七年十一月から、一九一九年六月まで、一字も書き入れなかったその間隙を、埋めているものである。したがって、日記の間隙を時間的に埋めている点では、このノートもひろい意味で日記の一部をなしているものと見なされ得るが、やはり文体的にはかなりの違いがあり、ここでは日付けも、生活に即した記事もほとんど影をひそめ、作品の核となる想念や、素材や、発端が、大部分をなしている。したがって、おおまかに言えば、日記のなかの記事よりも、思想と作品両方向への客体化が濃いもの、と言えよう。

「ノートと紙片のなかの断章」にいたっては、もう年代も何も正確にあとづけることはできない。内容から言えば、各作品のヴァリエーションあり、発端あり、アフォリズムあり、といったぐあいで、原書のなかで一九四ページという大部を占めている。「補遺」は、原書のなかで一五ページを占め、そのなかば以上が作品として発表されている『彼』に属する断章である。

最後にこの巻について付記しておきたいことは、いろいろ原典批判の点で問題があり、編集者のマックス・ブロートが攻撃されてきたカフカ全集も、現在ではほぼ認容された形になっているが、しかしいちばん問題が多く残されているのは、疑いもなくまさにこの『田舎の婚礼準備』の巻である、ということである。

『日記』は前述のように、大部分が十三冊の四つ折判ノートに書き込まれているものである。ノートの前と後から記入が行なわれ、それが中ほどでぶつかりあっていたりするため、ブロートは正しい配列を見出すのに苦労したらしいが、それでも最後にはそれに成功したと誇っている。私がいま手にしている原書（ショッケン版）で五七七ページ、それに一〇四ページほどの旅日記がつけ加えられて、一巻をなしている。いま、旅日記は別にすると、各年代における記載の分量はつぎのとおりである。

1910年	27ページ
1911	188
1912	72
1913	52
1914	106
1915	37
1916	27
1917	21
1918	0
1919	2
1920	1
1921	10
1922	33
1923	1

つまり、一見して、きわめて不均衡な分量であるが、しかしそのこと自体が、カフカの日記の特異性を裏づけているといえよう。

要するに内容的に言えば、ここにはたいてい日付けも付され、世の中で言うふつうの日記らしい記述もなきにしもあらずであるが、まず圧倒的な分量を占めるのが、創作のための筆ならしと見られるものであり、あるいはまた作品そのものであり、自己省察であり、書くことと生きることをめぐる苦悩である。しかし、これについては、あまり説明することを必要としないであろう。編者はもちろん自分の意図した傾向によって、選択しているのであるが、それにしても本訳書に採りあげた個所が、かなりの分量になっているので、読者にもだいたいのところがうかがえると思うからである。

最後に訳者は、一つには訳者があまり綿密に註をつけるようなことにはこだわらなかったためもあり、読者の理解に資するために、かんたんなカフカの年表を掲げておきたい。

ただその前に多少私事にわたるが、訳者はこの翻訳書の成立の由来をここに述べて、お詫びとお礼とを申しあげておきたいと思うのである。実はこの翻訳書は、もう少し違った形で、すでに四年前にできあがっているべきものだったのである。アフォリズムに重点を置きたかったことは、当時も変わりはなかった。ただ訳者は、そのほかのカフカの言葉を、作品や手紙も含めて大胆に整理し、ジャンル別に分類してみたいと考えていたのである。しかしこれは渉猟《しょうりょう》すべきものが多すぎて、しだいに不可能になってきた。しかも時がたつにつれて、はじめは渉猟すべきものが多いがために不可能であると考えていたのが、まちがいであることまで分かってきた。整理し、大別しようとすれば、われわれは残念ながら直列的に、つまりは直線的にそれを行なうか、せいぜいのところで、平面的にこれを行なうほかはない。ところが大部分のカフカの言説は、まわりめぐって円をなしているか、あるいは立体をなし、少なくとも立体をなそうと志しているのである。立体という言葉が悪ければ、カフカの言説は、自分の身体である平面に穴をあけて、そこから自分で立ちあがろうとしているのだ。こうした感じをいだきはじめてから、訳者はますます約束していた仕事をひきのばすこととなり、そのあいだには言を左右にして、二年間もドイツに逃げ出してしまった。出版社である白水社と、とくに担当者である藤原一晃氏には、なんともお詫びのしようがないしだいである。

さてしかし、計画をいくぶんつつましやかなものに変更したあとも、翻訳の作業には実に手こずった。ここに採りあげられたものは、分量からいえば前述の二巻の本のなかの、ほんのわずかなものである。しかし、その難解さには、いちいち呻吟させられた。ようやくなんとか自分なりに解釈をつけ得たと考えたあとでも、関係文の連続によってつぎつぎに響きを高めながら展開してゆくカフカのイメージは、まことに日本語に移しにくいのである。そのようなわけで、まだまだ誤解やひとりよがりな解釈がどこにひそんでいるか分からず、また、つたない移植はほとんどいたるところに見出されるであろう。この点あらかじめ読者のご寛容を乞うしだいである。

なお新潮社版カフカ全集のなかで『日記』の後半を受けもっておられる山下肇氏の訳は一部参照させていただいた。それからゲルハルト・キンドル氏、ハンス・ノイマン氏、アンドレ・ベルヴィル嬢には、数多い質問にお答えいただいた。あわせて御礼申しあげるしだいである。

年表

一八八三年　七月三日、プラハに生まれる。父ヘルマンは小間物商、母ユーリエの家系には瞑想的な人物が多い。弟二人は二歳にならないで死に、そののちに妹エリー（一八八九）、ヴァリー（一八九〇）、オトラ（一八九二）が生まれた。
一八八九年　六歳　フライシュマルクトのドイツ語小学校に入学。
一八九三年　十歳　国立ドイツ語中等高等学校《ギムナージウム》に入学。同級生にオスカル・ポラク。
一九〇一年　十八歳　プラハ大学に入学。化学、ドイツ文学を試みた後、法律学に転ずる。
一九〇二年　十九歳　『村医者』の原型である叔父、ジークフリートの住むトリーシュに休暇旅行。マックス・ブロートとの親交はじまる。

一九〇四年　二十一歳　翌年にかけて、『ある戦いの記録』などの短篇に手をそめる。
一九〇六年　二十三歳　法学博士。民事裁判所で法務実習。
一九〇七年　二十四歳　断章『田舎の婚礼準備』その他の短篇。十月、一般保険会社に見習勤務。
一九〇八年　二十五歳　七月、労働者障害保険協会に入社。散文八篇が『ヒュペーリオン』誌に発表される。
一九一〇年　二十七歳　日記をつけはじめる。東ユダヤ人の劇団に興味を示す。
一九一二年　二十九歳　『失踪者』(『アメリカ』)に手をそめる。フェリーツェ・バウアー（Fないし、F・Bと記入されている女性）と出あう。九月『判決』、十一月、十二月に『変身』を完成、小品集『観察』出版。
一九一三年　三十歳　フェリーツェ・バウアーを二度ベルリンにおとずれる。『火夫』(『アメリカ』の第一章にあたる部分）出版。
一九一四年　三十一歳　フェリーツェ・バウアーと婚約し、またその婚約を解消する。『審判』を書きはじめ、十月には『流刑地にて』完成。『失踪者』の稿を進めるかたわら、『掟の前』その他の小品を書く。
一九一五年　三十二歳　フェリーツェ・バウアーと再会。『火夫』でフォンターネ賞を受ける。『変身』を発表。
一九一六年　三十三歳　フェリーツェ・バウアーとマリーエンバートに旅行。『判決』出版。ラチン城中の錬金術師街に小さな家を借りる。ここで翌年にかけて、小品集『村医者』中の物語が多数書きあげられた。

一九一七年　三十四歳　七月、フェリーツェ・バウアーと二度目の婚約。九月、肺結核の診断が下された。十二月、婚約解消。『支那の長城がきずかれたとき』、『猟師グラックス』他多数の短篇がこの年にできあがった。

一九一八年　三十五歳　療養地チューラウからプラハに帰ったのち、トゥルナウ、シェーレーゼン等の各地に滞在。その間にユーリエ・ヴォホリゼク（Jないし、J・Wと記入された女性）と知りあう。

一九一九年　三十六歳　シェーレーゼンからプラハにもどる。『流刑地にて』、小品集『村医者』出版。ユーリエ・ヴォホリゼクと婚約。『父への手紙』執筆。

一九二〇年　三十七歳　グスタフ・ヤヌフとつきあう。四月以降、メラーンに療養生活を送り、ミレナ・イエシェンスカ・ポラク夫人（Mと記入されている女性）との文通はじまる。ウィーンでミレナと愛の邂逅。ユーリエ・ヴォホリゼクとの婚約解消。夏と秋はプラハにすごして、『ポセイドン』、『夜』等をはじめとする多数の小品を書く。十二月、タトラの療養所に移り、ローベルト・クロプシュトックと知りあう。

一九二一年　三十八歳　タトラからプラハにもどり、短篇『最初の悩み』完成。

一九二二年　三十九歳　『城』を執筆。各地に療養生活をつづけ、労働者障害保険協会を七月に退職。春に『断食行者』、『ある犬の回想』を書く。

一九二三年　四十歳　七月、ミュリツで、ドーラ・ディマントと知りあう。九月にベルリンに移ってドーラと同棲。短篇『小さい女』、『家』を執筆。

一九二四年　四十歳　病状悪化して、三月にはプラハにもどり、四月にウィーン大学で喉頭結核の診断を下される。その間に『歌姫ヨゼフィーネ』完成。ドーラ・ディマントとローベルト・クロプシュトックにつきそわれて、キールリングのサナトリウムに移り、六月三日、四十一歳にならずして死去。六月十一日、遺体はプラハのユダヤ人新墓地に葬られた。その直後、短篇集『断食行者』出版。

一九二五年　『審判』出版。

一九二六年　『城』出版。

一九二七年　『アメリカ』出版。

一九三一年　遺稿集『支那の長城がきずかれたとき』出版。

一九三四年　『掟の前』出版。

一九三五—三七年　マックス・ブロート編の第一回『カフカ全集』全六巻刊行。

一九五〇—五八年　第二回『カフカ全集』全九巻刊行。

一九六七年　『フェリーツェへの手紙』刊行。

訳者略歴
一九二三年生
東京大学文学部ドイツ文学科卒業
東京大学名誉教授
ミュンヘン大学名誉評議員
編著
『カフカの世界』
主要訳書
カフカ『審判』
『ミレナへの手紙』
ブロート『フランツ・カフカ』（共訳）
ツヴァイク『歴史の決定的瞬間』
『女の二十四時間』（共訳）

本書は一九七〇年、九六年に小社より刊行された。

実存と人生〔新装版〕

二〇二四年六月一〇日 第一刷発行
二〇二四年七月一〇日 第二刷発行

著者 フランツ・カフカ
訳者 © 辻《つじ》 瑆《ひかる》
装幀 仁木順平
発行者 岩堀雅己
印刷所 株式会社 三陽社
発行所 株式会社 白水社

東京都千代田区神田小川町三の二四
電話 営業部〇三（三二九一）七八一一
編集部〇三（三二九一）七八二一
振替 〇〇一九〇‐五‐三三二二八
郵便番号 一〇一‐〇〇五二
www.hakusuisha.co.jp
乱丁・落丁本は、送料小社負担にてお取り替えいたします。

株式会社松岳社

ISBN978-4-560-09326-9

Printed in Japan

白水uブックス

カフカ・コレクション

フランツ・カフカ／池内紀 訳

変身 二十世紀を生き続けるカフカの代表作

失踪者 カフカの長篇三部作の第一巻

審判 現代人の孤独と不安を描いた作品

城 長篇三部作の掉尾を飾る作品

流刑地にて 生前に発表された四作品を収録

断食芸人 表題作他『田舎医者』などを収録

カフカの生涯

池内紀

カフカ個人訳全集の訳者が、二十世紀文学の開拓者の生涯を描く。祖父の代にはじまり、幼年時代、友人関係、婚約者、役人生活、そして創作の秘密にふれ、カフカの全貌があきらかになる。

ミレナへの手紙

フランツ・カフカ
池内紀 訳

カフカは手紙に日付を入れる習慣がなかった。ゆえに手紙の配列を間違えて読むと、二人の関係、手紙の持つ意味がまったく変わってくる。カフカが恋人宛てに書いた、新編集による書簡集。

カフカと映画

ペーター＝アンドレ・アルト
瀬川裕司 訳

カフカは熱心な映画ファンだった。『城』と映画『吸血鬼ノスフェラトゥ』の関係など、メディアを越境する表現をめぐる刺激的な事実が明らかにされる。

この人、カフカ？
ひとりの作家の99の素顔

ライナー・シュタッハ
本田雅也 訳

日記や手紙、走り書きやサイン、出版広告や高校修了証、アンケート用紙や遺言状など、カフカに関するあらゆるモノから、作家の魅力の数々を浮かび上がらせる。

カフカふかふか
とっておきの名場面集

下薗りさ、木田綾子 編著

魅力的なキャラがいっぱい登場し、出だしも面白い。描かれる世界は謎だらけ。そんなカフカ作品のふかふかエッセンスがこの一冊に。